Rebecca Germany

LIEBE BRAUCHT KEINE SCHLAGZEILEN

Rebecca Germany

Liebe braucht keine Schlagzeilen

francke

Bibliografische Information Der Deutschen Bibliothek
Die Deutsche Bibliothek verzeichnet diese Publikation in der Deutschen Nationalbibliografie; detaillierte bibliografische Daten sind im Internet über http://dnb.ddb.de abrufbar.

ISBN 978-3-86827-185-0

Originally published in English under the title
Evergreen
by Barbour Publishing, Inc., 1810 Barbour Drive,
Uhrichsville OH 44683, USA

Deutsch von Eva Weyandt
Coverfoto: © iStockphoto.com / ersler
© shotshop.com / danstar
Umschlaggestaltung: Verlag der Francke-Buchhandlung / Christian Heinritz
Satz: Verlag der Francke-Buchhandlung GmbH
Druck: Bercker Graphischer Betrieb, Kevelaer

www.francke-buch.de

Kapitel 1

Mit schnellen Schritten schlängelte sich Nora Daniels zwischen den dicht gestellten Schreibtischen in der Nachrichtenredaktion der *Winter Haven Tribune* hindurch. Ihre Haltung spiegelte ihre tiefe Frustration wider. Auf dem Weg zum Aufenthaltsraum beherrschte sie nur ein einziger Gedanke: Wie sie den Mut aufbringen könnte, ihre Kündigung einzureichen. Die *Tribune* mit einer täglichen Auflage von 15.000 Exemplaren war eine typische Kleinstadtzeitung in Florida. Sie berichtete über das Lokalgeschehen, also über Ereignisse, für die sich die internationale Presse von Orlando und Lakeland eher nicht interessierten.

Ein Stöhnen kam über Noras Lippen, als sie durch die Tür in den Aufenthaltsraum für die Angestellten marschierte, in dem gleichzeitig die Fotoabteilung untergebracht war. Der Raum, ausgestattet mit zusammengewürfelten Möbeln, grenzte an die Dunkelkammer und die kleine Kammer an, in der die Fotografen ihr Zubehör deponiert hatten. *Wenn ich nur einen richtig interessanten Artikel schreiben könnte,* dachte sie niedergeschlagen, *dann ginge die Weihnachtszeit schneller vorbei.*

Nora hatte gerade abgestandenen Kaffee in einen Plastikbecher gefüllt, als die Tür zur Dunkelkammer aufflog und gegen ihre Schulter prallte. Die Tasse samt Inhalt ergoss sich über die Wand und den Boden.

„Oh Nora, das tut mir so leid.“ Eine große Hand legte sich auf ihre Schulter, während Nora noch darum kämpfte, auf den Beinen zu bleiben. „Ich habe nicht aufgepasst und bin einfach durch diese Tür geplatzt.“

„Ist ja nichts passiert. Mir geht es gut“, versicherte Nora ihm, während sie sich gleichzeitig aus der Umklammerung wand. Als sie sich zu Rick Thompson umdrehte, konnte sie sich ein Lächeln nicht verkneifen. Seine glatten braunen Haare hingen über einem Auge, Filmstreifen über seinen breiten Schultern, und in einem Arm hielt er mehrere Flaschen mit Entwicklerflüssigkeit. „Du scheinst ein wenig Hilfe gebrauchen zu können", sagte sie und streckte die Hand aus, um eine Flasche zu retten, die ihm aus dem Arm zu rutschen und auf den gefliesten Boden zu fallen drohte.

„Danke. Ich muss die eben wegstellen."

Nora folgte Rick in die kleine Abstellkammer, wo sie ihre Flasche auf eines der unteren Regale stellte. Gemeinsam kehrten sie in den Aufenthaltsraum zurück und er machte sich daran, den Kaffee mit Papiertüchern aufzuwischen. Die Küchenrolle hatten sie neben dem Spülbecken entdeckt. Obwohl sie Rick schon seit zwei Jahren kannte – so lange arbeitete sie bereits bei der Zeitung –, waren sie sich noch nicht so oft über den Weg gelaufen. Sie bewunderte seine freundliche Art. Und dass er an Gott glaubte, war ihr auch nicht entgangen. Doch darüber hinaus hatte sie bisher keinen Gedanken an ihn vergeudet.

Obwohl sie sich danach sehnte, eines Tages eine eigene Familie zu haben, war im Augenblick nicht der richtige Zeitpunkt für eine Beziehung. *Außerdem,* dachte Nora traurig, *selbst wenn ich darauf aus wäre, er hat bestimmt kein Interesse an mir.* Obwohl sie mit ihren kornblumenblauen Augen und ihren aschblonden Haaren, die ihr rundes Gesicht perfekt einrahmten, recht gut aussah, war sie sich schmerzlich bewusst, dass ihr Übergewicht und ihre zurückhaltende Art auf manche Männer abschreckend wirkten.

„Das mit deinem Kaffee tut mir leid", entschuldigte sich Rick erneut, als er sich vom Boden erhob.

„Das ist wirklich kein Problem. Außerdem ist es sowieso viel zu heiß für Kaffee", erklärte sie nicht gerade überzeugend.

„Vermutlich fährst du in gut einer Woche für die Weihnachtsfeiertage in den Norden", sagte Rick. Er hielt einen gerade entwickelten Filmstreifen in das Neonlicht an der Decke.

„Nein."

Dieses eine Wort hing zwischen ihnen und lastete auf der Stille. Schließlich wagte Rick zu fragen: „Kommt deine Familie dann über die Feiertage zu dir nach Florida?"

„John und Gary, meine Brüder, wollen mit ihren Familien zu Hause bleiben. Im vergangenen Jahr haben wir gemeinsam Weihnachten gefeiert, aber das war ein ziemlicher Reinfall." Nora erinnerte sich noch, welche Spannungen entstanden waren, als sie und ihre Brüder krampfhaft versucht hatten, die Familientraditionen der Daniels aufrechtzuerhalten. Aber ohne ihre Eltern ging das nicht.

„Der Schock über den plötzlichen Tod eurer Eltern saß noch zu tief", bemerkte Rick vorsichtig, um ihr Unbehagen zu zerstreuen.

„Nichts war wie früher", fuhr Nora mit zitternder Stimme fort. „Das Feuer, in dem Mom und Dad ums Leben gekommen waren, hatte auch alle Erinnerungsstücke an sie und unsere gemeinsamen Weihnachtsfeste vernichtet. Und jetzt können wir nicht mehr wirklich über Weihnachten nach Hause fahren."

Peinlich berührt über ihre für sie eigentlich untypische Offenheit, trat sie zur Seite und wischte eine Träne fort, die ihr über die runde Wange lief. Die langsame Bewegung ihrer Hand löste etwas in Ricks Gesichtsausdruck aus.

„Warte nur, bis Horn herausfindet, dass du über Weihnachten im Lande bist. Dann gibt er dir bestimmt einige kleinere Aufträge, mit denen du beschäftigt bist", sagte Rick lächelnd.

„Mr Horn weiß Bescheid, und er hat mir bereits einen Artikel aufgebrummt, mit dem ich mich beschäftigen kann … und natürlich ist das Thema stinklangweilig."

„Ja, ja, auf Horn ist Verlass." Rick lachte herzlich. „Zu welcher Beerdigung oder in welches Tierheim schickt er dich denn dieses Mal?"

Nora brauchte nicht an diese vielen banalen Artikel erinnert zu werden, die sie als Lokalreporterin zu schreiben hatte. „Er ist der Meinung, die *Tribune* sollte über die Bemühungen der lokalen Obdachlosenheime berichten, den sozial Benachteiligten in unserer Gesellschaft ein schönes Weihnachtsfest zu bereiten."

Rick lachte erneut über ihre trockene Erwiderung und spottete: „Die Menschen in den Obdachlosenunterkünften, die mit ihren Lebensumständen zu kämpfen haben, haben bestimmt viele interessante Geschichten zu erzählen."

Sie schnitt eine Grimasse.

„Hey, das ist ernst gemeint."

Schließlich lächelte sie neidisch. „Ich will ja nicht gefühllos erscheinen, oder als wäre dieser Auftrag unter meinem Niveau. Es ist nur, dass …", sagte sie und hielt einen Augenblick inne, „also, ich wünschte, meine Arbeit würde mich etwas mehr fordern."

„Pass nur auf, auf einmal machen dir die Interviews mit den Ehrenamtlichen, die in diesen Unterkünften mitarbeiten, und mit den Obdachlosen selbst doch noch Spaß. Da gibt es bestimmt unzählige Geschichten, die erzählt werden sollten."

Nora freute sich über sein aufrichtiges Bemühen, ihr die positive Seite ihres Auftrags vor Augen zu stellen. Sein Blick hielt sie gefangen und wollte sie zwingen, die Dinge so zu sehen wie er.

„Hat Horn dir schon einen Fotografen zugeteilt?", fragte Rick vorsichtig.

„Warum? Dieser Artikel hat wohl kaum Potenzial für die Titelseite."

„Muss ich dich wirklich daran erinnern, dass ein gutes Foto – von einem guten Fotografen geschossen – einen Artikel zu einem Hit machen kann?"

„Meldest du dich etwa freiwillig?"

„Nun, wenn der Boss keine Fotos bestellt hat, dann müsste ich das in meiner Freizeit machen", überlegte Rick, „aber ich hätte richtig Lust, mitzukommen und ein paar Fotos zu schießen."

„Das ist wirklich nicht nötig", wiegelte sie ab, aber sie musste zugeben, dass ihr die Vorstellung, an diesem Artikel nicht allein arbeiten zu müssen, gefiel.

„Am Dienstagnachmittag habe ich frei. Du willst sicher so schnell wie möglich damit anfangen. Wann soll der Artikel erscheinen?"

„Am sechsundzwanzigsten Dezember", erwiderte Nora und griff nach ihrem Terminkalender, der neben der Kaffeemaschine lag. Schnell schlug sie den Monat Dezember auf und trug den Termin ein.

„Toll", freute sich Rick und wandte sich wieder den Filmstreifen zu. „Ach, übrigens, ich habe dich schon lange nicht mehr in der Single-Gruppe der Oakgrove-Gemeinde gesehen."

Nora spürte, wie sie errötete. „Ja, ich bin länger nicht da gewesen", gestand sie, „aber ich habe vor, bald wieder hinzugehen."

„Gut, dann sehen wir uns ja vielleicht morgen." Er lächelte sie kurz an, bevor er wieder in der Dunkelkammer verschwand.

Nora nahm ihre Tasche vom Tisch und steckte ihren Terminkalender hinein. Sie gestand es sich nur ungern ein, aber es ging ihr jetzt besser als noch vor ein paar Minuten, als sie den Aufenthaltsraum betreten hatte. Zumindest konnte sie sich darauf freuen, dass Rick ihr in der Zeit vor den Feiertagen ein wenig Gesellschaft leistete.

Nora fuhr an einem üppigen Orangenhain vorbei und stellte ihren Kombi neben dem kleinen Haus ab, das sie gemeinsam mit ihrer deutschen Freundin Carmen gemietet hatte. Über dem See nur eine Straße von ihrem Haus entfernt war am Himmel noch ein schmaler Streifen vom Sonnenuntergang zu erkennen. Vom Carport aus hatte Nora den besten Blick auf den See, aber der Duft nach Zwiebeln und Paprika lockte sie zur Hintertür.

Carmen hatte ihre dunklen Locken mit einem roten Gummiband zu einem dicken Pferdeschwanz zusammengebunden. In ihrer abgeschnittenen Jeans und dem Poloshirt könnte man sie eher für eine Studentin halten und nicht für eine Karrierefrau mit einem zwölfjährigen Sohn.

„Hier riecht es einfach köstlich", schwärmte Nora, als sie die Küche durchquerte, um ihre Tasche auf einen Stuhl zu legen.

„Oh, hallo", sagte Carmen lächelnd. „Ich koche Enchilladas."

„Hey, ich bin wohl bei Taco Bell gelandet!", witzelte Nora.

„Ja, ja", lachte Carmen. „Mein Großvater, der in der Nähe von Mexico City geboren wurde, hat mir das Kochen beigebracht." Abrupt wechselte sie das Thema. „Hattest du einen guten Tag? Wie viele Nachrufe werden wir morgen in der Zeitung finden?"

„Nur drei", seufzte Nora, während sie sich einen Stuhl unter dem kleinen Eichentisch hervorzog und sich darauf niederließ. „Ich habe Mr Horn erzählt, dass ich über Weihnachten in der Stadt bleibe, und er hat mir natürlich sofort einen neuen Artikel aufgebrummt."

„Ach? Und worüber sollst du schreiben?"

„Über die Obdachlosenunterkünfte, aber ich bekomme Hilfe. Rick Thompson, einer der beiden bei der *Tribune* angestellten Fotografen, hat mir angeboten, mich zu begleiten, obwohl Mr Horn eigentlich keine Fotos vorgesehen hatte."

„Sehr interessant", murmelte Carmen. Sie öffnete die Ofentür und zog ein Blech mit dampfenden Enchilladas heraus. „Ich hoffe, es sind genug. Chris wächst so schnell, dass ich ihn neuerdings kaum satt bekomme."

Nora lachte und dachte an den Jungen, der immer eher klein für sein Alter gewesen war. Aber in den vergangenen Monaten schien er einen Wachstumsschub durchzumachen.

„Jetzt erzähle", fuhr Carmen fort, „ist dieser ... Rick ... hat er eine Freundin?"

„Nein, aber das ist ohne Bedeutung", fügte Nora hastig hinzu. „Er geht in unsere Kirche, doch ich glaube nicht, dass du ihn kennst."

„Arbeitet er schon lange bei der Zeitung?", fragte Carmen.

„Mindestens zwei Jahre." Nora zuckte die Achseln. „Er war schon da, als ich dort anfing."

„Ich kann kaum glauben, dass du diesen Mann noch nie erwähnt hast. Und er ist wirklich Single! Auch nicht verlobt? Sieht er gut aus?" Carmen ließ nicht locker. Die Fragen prasselten wie Maschinengewehrfeuer auf Nora herab.

„Er ist nicht verlobt, so weit ich weiß", erwiderte Nora kurz angebunden. „Und er ist Ende zwanzig, würde ich schätzen, ein Meter neunzig groß, braune Haare mit blonden Strähnen, blaue Augen, breite Schultern, große Hände und eine lustige kleine Narbe an seiner Kinnspitze, die kaum zu sehen ist." Nora zählte seine Eigenschaften an ihren Fingern ab. „Er sieht nicht übermäßig gut aus, aber auch nicht schlecht. Ich denke, man könnte ihn als gut aussehend bezeichnen."

„Was? Du kannst diesen Mann so gut beschreiben und hast es nie für nötig befunden, ihn zu erwähnen? Kein Wunder, dass du nicht verheiratet bist", meinte Carmen kopfschüttelnd. „Aber wie ich schon sagte, es ist besser, unverheiratet zu bleiben, als unglücklich verheiratet zu sein."

Carmen bezog sich auf ihre eigene unglückliche Ehe, die nach fünfzehn Jahren zu Ende gegangen war, als ihr Mann, für den seine Arbeit das Wichtigste auf der Welt gewesen war, an einem Herzinfarkt starb. Nora hatte Carmen im College kennengelernt, als sie eine Lehrerausbildung machte, und jetzt unterrichtete Carmen seit einem halben Jahr als Grundschullehrerin die zweite Klasse. Trotz ihres Altersunterschieds hatten Carmen und Nora sich auf Anhieb sehr gut verstanden. Carmen war für Nora die ältere Schwester, die Nora nie gehabt hatte. Obwohl Carmen davor zurückscheute, selbst noch einmal zu heiraten, war sie doch immer schnell bereit, für Nora eine Ehe zu arrangieren. Sie liebte eben das Happy End.

Während Nora den Salat zerpflückte, redete Carmen weiter auf sie ein. „Du musst diesen Mann mit den vielen Eigenschaften mal mit herbringen", sagte sie mit einem schelmischen Grinsen und funkelnden Augen.

„Ich kann ihn dir morgen in der Kirche vorstellen, aber er ist einfach nur ein Bekannter von der Arbeit. Warum sollte er mich zu Hause besuchen?“ Noras Tonfall warnte Carmen, keine weiteren Kuppelversuche mehr zu unternehmen. Nora hatte eine ziemlich gute Vorstellung davon, wie der Mann, den sie einmal heiraten wollte, aussehen sollte, und sie mochte es nicht, wenn sie gedrängt wurde, sich mit weniger zufriedenzugeben.

Als Nora fertig war, trocknete sie ihre Hände an einem Geschirrtuch ab. „Ich denke, ich ziehe mir vor dem Essen noch schnell meine Shorts an. Wenn es etwas kühler wird, können wir vielleicht noch ein wenig Fahrrad fahren.“ Beim Verlassen der Küche fügte sie noch betont beiläufig hinzu: „Ach, übrigens, erinnere mich daran, dass ich mir für morgen früh den Wecker stelle. Ich möchte gern vor dem Gottesdienst noch zur Single-Gruppe gehen.“

Nora wurde von Gewissensbissen geplagt, weil sie in den vergangenen Wochen und Monaten der Single-Gruppe der Oakgrove Community Church ferngeblieben war. Den Grund dafür konnte sie beim besten Willen nicht nennen, aber einige Lektionen aus einer Reihe vom vergangenen Sommer hatten Unbehagen in ihr ausgelöst. Darin ging es um das Vertrauen zu Gott und die Tugenden des Friedens, der Geduld und der Vergebung. Seit dem Tod ihrer Eltern waren diese Tugenden in Noras Leben mehr oder weniger nicht mehr existent. Sie schämte sich, sich das eingestehen zu müssen – aber sie gab Gott die Schuld daran, dass ihr Leben sich nicht so entwickelt hatte, wie es ihren Vorstellungen entsprach.

Nora hatte davon geträumt, den Mann ihrer Träume im College kennenzulernen und unmittelbar nach ihrem Examen zu heiraten. Nachdem bei ihrem Examen noch kein Ehemann in Sicht gewesen war, wollte sie eigentlich im Staat New York bleiben und sich in der Nähe ihrer Familie und Freunde eine Arbeitsstelle suchen. Doch dann wurde ihr dieser Job bei der *Tribune* angeboten, und da das Studiendarlehen zurückgezahlt werden musste, konnte sie eine feste Anstellung nicht ablehnen. Und jetzt war ihr Elternhaus in New York bis auf die Grundmauern niedergebrannt. Ihre Eltern waren tot und sie hing in einem sterbenslangweiligen Job in einem Staat fest, wo es keine Jahreszeiten zu geben schien und die Bäume immer grün waren.

Rick hatte ihr beiläufig zugewunken, als sie in den gut besetzten Sonntagsschul-Gruppenraum getreten war, aber seltsamerweise war Nora enttäuscht, dass er neben einer jungen Frau saß, die sie nicht kannte. Erst als er zur Empore ging, sah Nora ihn wieder. Zum Glück bestand ihre Freundin Carmen nicht darauf, dass sie ihr Rick vorstellte.

Kapitel 2

Am Montag bekam Nora Rick nicht zu Gesicht. Zum ersten Mal, seit sie vor zwei Jahren bei der *Tribune* zu arbeiten begonnen hatte, erschien ihr die Redaktion sehr leer. Über Arbeitsmangel konnte sie sich allerdings nicht beklagen. Sie musste mit den verschiedenen Obdachlosenunterkünften am Ort Termine vereinbaren. Die meisten Menschen, mit denen sie sprach, waren sehr hilfsbereit und stellten sich gern für ein Interview und eine Besichtigungstour ihrer Einrichtung zur Verfügung. Der Leiter einer Einrichtung wollte sogar wissen, ob Noras Fotograf bereit sei, einige zusätzliche Fotos zu machen für ihre Broschüre, die verteilt werden sollte, um für Spenden zu werben. Nora versprach, Rick zu fragen, aber ihr Gefühl sagte ihr, dass er eine solche Bitte nicht ablehnen würde.

Nora beschloss, sich auf vier Obdachlosenunterkünfte zu konzentrieren, und bereitete ihren Terminplan für die kommende Woche vor. Außerdem hatte sie noch die unangenehme Pflicht, die tägliche Kolumne mit den Todesanzeigen zusammenzustellen. Dazu kam noch die Überarbeitung ihres Artikels über den Weihnachtsverkauf im Einkaufszentrum. In neun Tagen war Weihnachten und sie hatte noch kein einziges Geschenk gekauft. Sie konnte es jetzt nicht mehr länger aufschieben, überlegte sie. Schließlich musste sie ja noch die Päckchen packen und an ihre Brüder und ihre Familien schicken. Erst heute hatte sie in der Zeitung gelesen, wie viele Postsendungen das Postamt in diesem Jahr zu sortieren und zu verschicken hatte.

Auf ihrem Weg nach draußen zerriss Nora das Lametta, das jemand am Türrahmen befestigt hatte. Als sie hinaus in den schwülen Abend trat und die untergehende Sonne Floridas ihr voll ins Gesicht schien, wurde ihr klar, dass sie in diesem Jahr nicht in der Stimmung für Weihnachtseinkäufe war. Alles, was zu einem traditionellen Weihnachtsfest gehörte, fehlte. Zu Weihnachten war es bitterkalt und schneite, sonst war es für sie kein Weihnachten.

Um Punkt zwei Uhr am Dienstagnachmittag stand Rick vor ihrem Schreibtisch. Es war sein freier Nachmittag. Gemeinsam verstauten sie seine Kameratasche, ihren Kassettenrekorder und ihren Notizblock in seinem kleinen Pickup.

„Entschuldige das Durcheinander", sagte Rick, als er die Beifahrertür öffnete. „Ich bin so oft unterwegs und im Wagen nehme ich alles mit, was ich irgendwann mal brauchen könnte: Die Bibel für die Bibelstunde, Liederbücher für die Chorstunde, die Kameraausrüstung für die Aufträge, Schokoriegel für zwischendurch, und ich habe sogar auch immer Sportkleidung dabei."

Nora konnte nur mit Mühe ihr Lachen unterdrücken, als er ihr zu erklären versuchte, warum die einzelnen Gegenstände, die er auf den Rücksitz warf, um für sie Platz zu schaffen, in seinem Auto lagen. Dann schlug er auch noch die Bodenmatte aus, die voller Sand war.

„Mein persönlicher Sandkasten", witzelte er, und Nora konnte nun nicht mehr an sich halten.

Als beide endlich in den Wagen einstiegen, erklärte sie ihm den Weg zu ihrem Ziel. In Ricks Truck roch es sehr angenehm, sehr männlich. Nora fühlte sich augenblicklich wohl und geborgen.

Ihre erste Station war die Good Shepherd Mission. Der Direktor, Mr Gray, führte Nora und Rick in der frisch renovierten Unterkunft herum, in der vorübergehend zwölf obdachlose Familien unterkommen konnten. Nachdem in dem früheren Motel die Gäste ausgeblieben waren, hatte der Besitzer es der Gemeinde vermacht, die das Gebäude wiederum der Mission überschrieben hatte.

Nora hatte den roten Faden für ihren Artikel bereits gefunden. Im Mittelpunkt sollten die vielen ehrenamtlichen Helfer stehen, die sich mit ihrer Zeit, ihrem Geld und ihrer Arbeitskraft für die Obdachlosenheime engagierten. Sie würde herausarbeiten, welchen Beitrag jede der vier Unterkünfte für das Gemeinwohl leistete, und würde darauf hinweisen, wie die Leser diese wichtige Arbeit unterstützen könnten.

Nach ihrer Besichtigungstour setzte sich Nora mit Mr Gray zusammen und stellte ihm ihre Fragen, während Rick über das Gelände der

Unterkunft stromerte und nach Motiven für seine Fotos suchte. Als Nora schließlich in den Wagen einstieg, war sie erschöpft und mehr als bereit, endlich Feierabend zu machen.

„Stört es dich, wenn ich etwas Weihnachtsmusik anmache?", fragte Rick, als er sich in den Verkehr einfädelte.

„Nein, vielleicht hilft es mir ja, in Weihnachtsstimmung zu kommen", erwiderte Nora. „Weißt du, irgendwie kann ich mir gar nicht vorstellen, das Weihnachtsfest in Florida zu feiern. Sicher, Christi Geburt können wir überall feiern, aber …" Nora schämte sich, wie oberflächlich ihre Worte selbst in ihren eigenen Ohren klangen.

„Es ist sicher schwer für dich, dass du dieses Jahr nicht mit deiner Familie zusammen sein kannst."

„Wir haben Weihnachten jedes Jahr in New York gefeiert, und meistens lag am Weihnachtsmorgen Schnee. Meine Brüder und ich haben uns immer so darauf gefreut!" Nora lächelte bei der Erinnerung daran. „Es brauchten keine Schneemassen zu sein, Hauptsache, der Rasen war weiß gepudert."

Als Rick auf den Highway auffuhr, sagte er: „Ich erinnere mich noch an die Weihnachtsfeste in Ohio, als ich klein war."

„Du bist in Ohio aufgewachsen?"

„Ja, bis zu meinem elften Lebensjahr wohnten wir im nordöstlichen Ohio. Dann bekam mein Vater hier unten einen Job", erklärte Rick. „Ich erinnere mich an wunderschöne Weihnachtsfeste, wo wir so viel Schnee hatten, dass wir das Haus nicht mehr verlassen konnten. Wir spielten in den Schneemulden, und manchmal hatten meine Eltern Mühe, die letzten Geschenke noch einzukaufen, weil sie nicht mehr weg kamen. Unser erstes Weihnachtsfest hier unten war gewöhnungsbedürftig. Das Wetter gab uns keinerlei Hinweis darauf, dass Weihnachten vor der Tür stand. Wir kauften den ersten künstlichen Weihnachtsbaum, den ich je gesehen hatte, und wir lachten unsere Nachbarn aus, die die Palmen und Swimmingpool-Umzäunungen mit Lichterketten schmückten."

„Wie die zum Beispiel?" Nora deutete auf eine Lichterkette, die gerade eingeschaltet wurde, nachdem die Sonne am Horizont versunken war. Auf der linken Seite des Highways standen dicht an dicht Wohnwagen und Wohnmobile, so weit das Auge sehen konnte. Der Springbrunnen am Parkeingang leuchtete in Grün und Rot.

„Ja, und hast du den Weihnachtsmann im Pool des Citrus Hotels gesehen?“

Nora lachte. Das war so abwegig. Der Weihnachtsmann wurde mit Schlitten oder auf Schlittschuhen abgebildet, nicht als Sonnenanbeter!

„Hey, Zeit fürs Abendessen! Hast du Hunger?“, fragte Rick.

Es war schon lange her, dass Nora von einem Mann zum Essen eingeladen worden war. Den Mann hatte sie durch ein paar alte College-Freunde kennengelernt, und es war auch bei dieser einen Verabredung geblieben.

Rick wählte ein kleines Restaurant am Ufer einer der vielen Seen in der Gegend. Nora war dafür dankbar, dass Rick nicht unter allen Umständen versuchte, ein Gesprächsthema zu finden, und so gönnte sie sich ein paar Minuten, um aus dem Fenster zu schauen und die dunklen Silhouetten der Palmen und Kiefern vor den letzten roten Strahlen des Sonnenuntergangs zu bewundern.

Rick unterbrach die Stille. „Hast du deine Weihnachtsgeschenke schon alle zusammen?“

„Ich habe noch nicht ein einziges gekauft“, stöhnte Nora leise. „Ich war nicht mal in der Stimmung, meiner Mitbewohnerin und ihrem Sohn zu helfen, einen Baum für unsere Wohnung auszusuchen.“

„Kein Baum?“, rief Rick in gespieltem Entsetzen. „Dagegen müssen wir was unternehmen.“

Nora fühlte sich in Ricks Gesellschaft sehr wohl. Sie war erstaunt, dass sie ihn bisher in der Redaktion nie richtig wahrgenommen hatte.

Während des Essens planten sie ihre Besuche bei den anderen drei Obdachlosenheimen auf Noras Liste. Um alle zu schaffen, müssten sie auch den Samstag opfern, aber Nora war zuversichtlich, dass sie bis zum Montag alle Unterkünfte besucht und alles Material beisammen hätte. Vor dem Fest würde dann schon der Rahmen des Artikels fertig sein. Am Weihnachtstag wollte sie ein weiteres Mal in einer der Unterkünfte vorbeischauen und noch ein paar Zusatzinformationen in ihren Artikel einbauen.

„Oh! Beinahe hätte ich es vergessen“, rief Nora. „Mrs Nickolson von County Relief Services sucht einen Fotografen, der ein paar Fotos macht. Sie wollen eine Broschüre herausgeben, um ihre Arbeit bekannt zu machen und Spenden für das neue Jahr zu sammeln. Ich habe ihr gesagt, ich würde die Anfrage an dich weiterleiten, aber natürlich können sie dir deine Arbeit nicht bezahlen."

„Ich denke, ich kann das in meinen Zeitplan einbauen", erwiderte Rick kauend. „Morgen sind wir ja sowieso da, da könnte ich schon mal anfangen zu fotografieren."

Nora blickte ihn erstaunt an. „Du bist so schnell bereit, zusätzliche Arbeit zu übernehmen", meinte sie. „Wie schaffst du das alles?"

„Ich liebe meinen Golden Retriever, Pete heißt er, aber wenn ich mich nicht beschäftige, ist es manchmal auch ganz schön einsam bei mir." Rick zuckte die Achseln. „Außerdem sollen wir anderen ja Gutes tun, und ich tue eben, was ich kann."

Nora wurde schweigsam. Ihr Vater hatte eine ähnliche Einstellung gehabt. Zu ihm waren die Mitglieder ihrer kleinen Gemeinde gekommen, wenn etwas repariert werden musste, wenn die Jugendgruppe einen Fahrer brauchte, wenn eine Sonntagsschulgruppe einen Gruppenleiter brauchte. Nie beklagte er sich über die Arbeit, und immer behielt er seine Fröhlichkeit.

„Es tut mir leid, dass ich den Abend jetzt beenden muss", erklärte Rick nach dem Essen, „aber ich muss morgen früh um sechs die Männer-Gebetsgruppe unserer Gemeinde leiten und bin noch nicht richtig vorbereitet."

Nora lächelte. *Dieser Mann ist zu gut, um wahr zu sein,* überlegte sie. *Irgendetwas kann bei ihm nicht stimmen. Niemand ist so gut!*

Als Nora nach ihrer Rechnung greifen wollte, hielt Rick ihre Hand fest. „Bitte, lass mich. Es kommt nicht so oft vor, dass ich mit einer so gut aussehenden Frau zum Essen ausgehen kann", gestand er mit einem jungenhaften Grinsen.

Dieses Kompliment kam unerwartet und sie errötete. Nervös zwirbelte sie eine Strähne ihrer schulterlangen Haare.

Rick bestand sogar darauf, auch das Trinkgeld zu übernehmen. Als sie zu Noras Wagen kamen, den sie vor der *Tribune* stehen gelassen hatte, dachte sie darüber nach, wie es kam, dass ein ganz normaler Arbeitsnachmittag sich zu einem ersten Date mit einem sehr attraktiven jungen Mann entwickelt hatte. Verlegen über ihre aufgewühlten Gefühle beeilte sich Nora, sich von Rick zu verabschieden.

Plötzlich umspielte ein Lächeln ihre Lippen. Was würde Carmen sagen, wenn Nora ihr erzählte, dass sie mit dem „Mann mit den vielen guten Eigenschaften“ zu Abend gegessen hatte? *Mit den sehr guten Eigenschaften*, korrigierte sich Nora.

Kapitel 3

Nora bedauerte, den Donnerstagabend für ihren Einkauf im Supermarkt gewählt zu haben. Sie hatte den Tag früh begonnen, um einen Termin in der dritten Obdachlosenunterkunft auf ihrer Liste wahrzunehmen. Der Leiter der Einrichtung arbeitete ehrenamtlich in der Unterkunft und war bereit, sich mit Nora und Rick um acht Uhr morgens zu treffen, bevor er um neun Uhr seine Arbeit in der Nations Bank aufnahm. Als Nora an diesem Nachmittag das Büro verließ, hatte sie Kopfschmerzen und freute sich auf einen entspannten Abend zu Hause.

Als die letzte Lebensmitteltüte in ihrem Kofferraum verstaut war, fuhr sie auf schnellstem Weg nach Hause. Das Fahrzeug in ihrer Einfahrt konnte sie keinem ihrer Bekannten zuordnen, aber als sie näher kam, erkannte sie Ricks grünen Pickup. Chris stand vor dem Haus und hielt die Spitze eines ungewöhnlich großen Weihnachtsbaums. Die Haustür war von den ausladenden Ästen des Baumes, die sich in alle Richtungen erstreckten, fast vollständig verdeckt.

Sobald sie ihren Wagen abgestellt hatte, rannte Nora zu Chris hinüber. „Wo kommt denn dieses Ding her? Der ist ja riesig!“

Chris strahlte. Der Baum war sehr schwer und er hatte Mühe, ihn zu halten. „Dein Freund hat ihn besorgt. Ist das nicht der schönste Baum, den du je gesehen hast?“

Noras Blick wanderte zur Tür, wo sie Ricks Gesicht durch das Gewirr der immergrünen Zweige kaum erkennen konnte. „Du hast mich ertappt“, gestand er mit einem verlegenen Grinsen.

„Wie bist du denn an meine Adresse gekommen?“

„Für den Fall, dass du es nicht weißt, du stehst im Telefonbuch! Sagen wir, ich konnte mir die Gelegenheit nicht entgehen lassen, euch etwas Weihnachtsfreude zu bringen.“

„Aber …“ Nora fühlte sich geschmeichelt, dass er an sie gedacht hatte. Andererseits war es ihr ein wenig peinlich, dass sie ihn mit ihren Sorgen belastet hatte. „Wie willst du dieses Teil ins Haus schaffen?“

„Wir arbeiten noch daran, aber wir haben einen Plan.“

„Das haben Männer immer“, bemerkte Carmen lächelnd, die gerade ums Haus kam. „Sie sind bereits seit fast einer halben Stunde damit zugange.“

„Dann sollten wir ihnen nicht im Weg stehen“, erwiderte Nora und entfernte sich von der Tür. „Wir können die Lebensmittel ja durch die Küchentür ins Haus bringen.“

Es dauerte noch eine halbe Stunde, bis Rick und Chris den Baum durch die Tür ins Haus bugsiert, im Ständer verankert und in der hinteren Ecke des kleinen Wohnzimmers aufgestellt hatten. Die Zweige reckten sich weit ins Zimmer hinein und legten sich auf die Armlehne der Couch. Die Spitze deutete in einem seltsamen Winkel zum Wohnzimmerfenster anstatt zur Decke.

„Ich hoffe, ihr habt genügend Weihnachtsschmuck für diesen Baum“, sagte Rick, als er zurücktrat und den Baum bewunderte.

„Hilfst du uns, die Lichter anzustecken?“, fragte Chris.

Rick blickte zuerst Nora an, dann antwortete er: „Sicher. Ich übernehme die oberen Zweige.“

„Vielleicht könnten wir Popcorn auffädeln –“

Aber Carmen unterbrach ihren Sohn. „Das dauert zu lange.“

„Nicht, wenn wir alle zusammenarbeiten“, versicherte ihr Rick.

Nora strahlte über das ganze Gesicht. Die Begeisterung der beiden war wirklich ansteckend.

„Zuerst sollten wir die Tacos essen, die ich mit Nora zusammen vorbereitet habe“, schlug Carmen vor und deutete zum Küchentisch. Sie bat Rick, das Tischgebet zu sprechen. Nora gefiel sein aufrichtiges Gebet.

„Nora“, sagte Chris, als das Essen herumgereicht wurde, „wusstest du eigentlich, dass Rick vor vier Jahren mein Footballtrainer war?“

„Ich wusste nicht mal, dass du überhaupt Football spielst“, erwiderte Nora. Mit hochgezogenen Augenbrauen blickte sie Rick an.

„Er war zwar der kleinste Junge im Team, aber er konnte unglaublich schnell rennen“, erklärte Rick aufrichtig.

Chris erzählte Rick in allen Einzelheiten von der vergangenen Saison, in der seine Mannschaft gewonnen hatte. Nora beobachtete Rick und stellte sich vor, wie er eine Grundschul-Footballmannschaft trainierte. Er schien sehr gut mit Kindern umgehen zu können, denn er hörte Chris sehr aufmerksam zu. Er war bestimmt ein guter Trainer.

Als Rick Salsa-Sauce von seinem Mund abtupfte, wurde Noras Blick von der kleinen Narbe an seinem Kinn magisch angezogen. Ihre Blicke trafen sich. Rick begann zu lächeln und seine Augen funkelten. Nora spürte, wie sie errötete, und konzentrierte sich wieder auf ihr Essen.

Wenn sie nicht aufpasste, machte sie sich lächerlich. Dass Rick ein Mann war, machte ihn noch nicht zu *dem* Mann, der Nora eroberte und für sich gewann. *Dieser Mann*, versicherte sich Nora streng, *fährt keinen Pickup, und ganz bestimmt wohnt er nicht in Florida.*

Nora konnte sich nicht erinnern, jemals so viel Spaß beim Schmücken eines Weihnachtsbaums gehabt zu haben. Sie sangen Weihnachtslieder und hängten den gesamten Schmuck aus Carmens Bestand an die Zweige. Rick blieb, bis das Popcorn aufgefädelt war, bis die letzte Kugel ihren Platz gefunden hatte, der Stern an der umgeknickten Spitze angebracht war und die Lichter eingeschaltet werden konnten. Schließlich traten sie zurück und bewunderten den erleuchteten Baum in dem dunklen Wohnzimmer.

„Er ist wunderschön", staunte Chris.

„Wie können wir dir bloß danken, Rick?", fragte Carmen.

„Dieses wundervolle Abendessen war Dank genug", versicherte ihr Rick.

Nachdem Rick sich verabschiedet hatte, begleitete Nora ihn noch zu seinem Wagen.

„Jetzt habe ich dir durch meine negative Haltung darüber, dass ich über Weihnachten hier in Florida festhänge, so viel Mühe gemacht", entschuldigte sich Nora. „Das tut mir leid."

„Wozu sind Freunde da?"

Sie lächelte. Seine Antwort verschlug ihr die Sprache. Die Vorstellung, diesen Mann zum Freund zu haben, gefiel ihr.

„Gute Nacht", verabschiedete er sich leise.

„Gute Nacht." Sie blieb noch lange, nachdem die Scheinwerfer seines Trucks hinter dem Orangenhain verschwunden waren, in ihrer

Einfahrt stehen. Eine kühle Brise wehte über den See und Nora schloss die Augen und sprach ein Gebet.

Danke, Herr, für diesen wundervollen Abend. Es tut mir so leid, dass ich mir in den vergangenen Wochen so wenig Zeit für dich genommen habe. Ich weiß, dass ich, wenn ich an diesem Weihnachten wirklichen Frieden finden will, dich an die erste Stelle setzen muss. Bitte gib mir den Mut, mich jedem neuen Morgen zu stellen … auch wenn ich es allein tun muss.

Kapitel 4

Der Besuch bei der letzten Obdachlosenunterkunft war auf Noras Liste für den Samstag vorgesehen. In der Nacht hatte es fast durchgängig geregnet, und als der Morgen anbrach, war der Himmel verhangen. Nora hätte sich viel lieber im Bett noch einmal auf die andere Seite gedreht und noch eine Runde geschlafen. Sie konnte sich einfach nicht dazu aufraffen, aufzustehen. Und dennoch musste sie sich beeilen, wenn sie bis zehn Uhr fertig sein wollte.

Nora und Rick hatten vereinbart, dass er sie um zehn Uhr zu Hause abholte. Als sie ihre Schlafzimmertür öffnete, hörte sie bereits seine Stimme in der Küche. Rick saß mit Carmen am Tisch. Nora fiel auf, dass seine Haare noch feucht waren, aber als dann ihr Name fiel, blieb sie abrupt stehen.

„Wie schön, dass Sie Nora bei diesem Auftrag helfen“, sagte Carmen gerade. „Wenn ich ehrlich bin, in letzter Zeit mache ich mir Sorgen um sie. Sie scheint nicht mehr so viel Freude an ihrer Arbeit zu haben, und an Weihnachtsstimmung ist bei ihr gar nicht zu denken.“

„Ich kann verstehen, dass sie sich nicht auf dieses erste Weihnachtsfest ohne ihre Familie freut“, hörte Nora Rick sagen.

„Die Nähe ihrer Familie und die Erinnerungen scheinen Nora viel zu bedeuten.“

„Vielleicht erkennen wir erst, wie viel wir besitzen, wenn es uns weggenommen wird“, bemerkte Rick nachdenklich. „Ich habe mir auf jeden Fall vorgenommen, sie ein wenig aufzuheitern.“

„Der Weihnachtsbaum war wirklich eine nette Geste. Ich bin sicher …“

Nora hatte genug. Sie drehte sich um und zog sich lautlos in ihr Schlafzimmer zurück, wobei sie die Tür fester als beabsichtigt ins Schloss zog.

Mit dem Rücken an die Tür gelehnt, dachte sie über Ricks Worte nach. „Ich habe mir auf jeden Fall vorgenommen, sie …“ *Dann bin ich also ein Projekt für ihn, nichts weiter.* Die Demütigung tat weh. *Ein Projekt, mit dem er seine Zeit füllt. Er weiß einfach nicht, wann Schluss ist. Er braucht mich nicht aufzuheitern. Meine Einstellung ist mein Problem.*

Nora blickte auf die Uhr. Ihnen blieben noch fünfzehn Minuten, um quer durch die Stadt zum Second Hope Shelter zu fahren. Nora rieb sich die Augen, die vor ungeweinten Tränen brannten. Entschlossen stieß sie sich vom Türrahmen ab und zog ihren Blazer gerade.

Dieses Mal bemühte sich Nora, genügend Lärm zu machen, bevor sie die Küche betrat. Carmen und Rick strahlten sie an. Sie goss sich hastig ein Glas Saft ein und schnitt einen Apfel auf.

„Es tut mir leid, dass ich heute Morgen zu spät bin“, entschuldigte sich Nora. Selbst in ihren Ohren klangen ihre Worte eisig. „Du brauchst heute wirklich nicht mitzukommen, Rick. Ich kann auch allein hinfahren. Außerdem hast du doch genügend Fotos von den anderen Unterkünften. Darunter findest du bestimmt eins für den Artikel.“

Rick und Carmen blickten sich verwirrt an, aber Rick antwortete, als wäre alles in bester Ordnung. „Ich möchte noch ein paar Fotos von den Menschen machen, und vielleicht ist dieses Haus ja etwas weihnachtlicher geschmückt.“

Nora wusste nicht, wie sie Rick loswerden sollte, ohne unhöflich zu sein, darum folgte sie ihm wortlos zu seinem Wagen. Finster ließ sie sich auf dem Beifahrersitz nieder, und die wenigen Fragen, die Rick zu stellen wagte, beantwortete sie nur einsilbig.

Die letzte Obdachlosenunterkunft war ein heruntergekommenes Gebäude in der Nähe der Innenstadt. Die Fassade wirkte extrem abweisend auf sie und Nora zögerte, sie zu betreten, als Rick ihr die Tür aufhielt. Doch der Eingang war hell erleuchtet und ein kleiner künstlicher Weihnachtsbaum hieß die Besucher willkommen. Ein stämmiger Mann mit Bart kam ihnen in dem langen Flur entgegen.

„Sie müssen Miss Daniels sein. Herzlich willkommen. Ich bin Jim Woods, Big Jim für alle, die mich kennen“, stellte er sich vor. Seine volle, kräftige Stimme dröhnte durch den Korridor.

„Entschuldigen Sie bitte unsere Verspätung“, erwiderte Nora. „Das ist mein Fotograf Rick Thompson.“

„Wie schön, Sie kennenzulernen“, sagte Big Jim und reichte ihnen die Hand. Er führte sie durch die Halle zu den Doppeltüren. „Vielleicht sollten wir uns zuerst den Speisesaal anschauen."

Die folgenden zwei Stunden verbrachten Nora und Rick mit Big Jim. Er erklärte ihnen, dass es für alle, die von der Straße hereinkamen, kostenlose Mahlzeiten gab, und lobte das System der „Tafel", die allen Familien mit geringem Einkommen kostenlose Lebensmittel zur Verfügung stellte. Seine Einrichtung bot Raum für behinderte ältere Menschen, eine Tagespflege, ein Heim für misshandelte Ehefrauen und Kinder und viele Selbsthilfegruppen, die sich während der Woche trafen. Nora machte sich eifrig Notizen. Big Jims Begeisterung für diese Arbeit kannte keine Grenzen und er sprach so schnell, dass sie kaum mitkam.

Rick fotografierte den Eingang mit dem kleinen Weihnachtsbaum vor einem mit Zetteln übersäten Schwarzen Brett. Seine Kamera fing zwei ehrenamtliche Helfer in der Küche ein, die gerade eine Lieferung Konservendosen sortierten. Und als Big Jim Nora eine Mutter mit ihrem Kleinkind vorstellte, die in der Unterkunft für misshandelte Frauen Zuflucht gesucht hatte, richtete Rick seine Kamera auf Nora.

Bevor die Besichtigungstour beendet war, wusste Nora, dass sie genügend Informationen für ihren Artikel zusammen hatte. Big Jim lud sie zur Weihnachtsfeier des Hauses ein. Ein Nein akzeptierte er nicht. Nora versprach, noch einmal wiederzukommen, doch dieses Mal würde sie ihren Fotografen nicht mehr mitbringen.

Auf der Heimfahrt war Nora wieder sehr schweigsam.

„Ich wollte heute Nachmittag Weihnachtseinkäufe machen", sagte Rick. „Hast du Lust mitzukommen?"

„Nein danke", lehnte Nora ab. „Ich habe schon was anderes vor." *Ich werde herumsitzen und mich bemitleiden*, dachte sie kläglich.

Als sie in Noras Einfahrt einbogen, wandte sich Rick zu ihr um. „Heute Abend muss ich bei einer Weihnachtsparty der Jugendlichen Aufsicht führen", begann er betont beiläufig. „Hättest du Lust mitzukommen? Es gibt kostenlose Pizza." Unsicher lächelnd musterte er ihr Gesicht.

„Nein, es geht nicht", sagte Nora und stieg aus dem Wagen aus. „Danke, dass du mich heute gefahren hast", fügte sie noch hinzu, dann rannte sie zur Haustür und verschwand im Haus.

Carmen und Chris waren unterwegs und Nora ging in die Küche.

Sie legte ihre Tasche auf den Tisch. Durch das Fenster konnte sie den Vorgarten und die Einfahrt sehen. Nora erstarrte.

Rick war noch nicht losgefahren, wie sie angenommen hatte. Er saß am Steuer seines Wagens und starrte vor sich hin. Nora drückte sich in den Schatten. Sie hoffte nur, dass er nicht zur Tür kam und eine Erklärung für ihr Verhalten forderte.

Er hält mich bestimmt für eine Idiotin, dachte Nora, *aber schließlich habe ich jedes Recht, böse zu sein.* Sie verschränkte ihre Hände vor der Brust und ganz unvermittelt begannen die Tränen zu fließen. Durch den Tränenschleier hindurch beobachtete sie, wie Rick langsam rückwärts aus ihrer Einfahrt setzte und verschwand. Ihr ganzer Körper schmerzte vor Anstrengung. Den ganzen Vormittag hatte sie ihre Emotionen unter Kontrolle halten müssen. Jetzt eilte sie durch den Flur zu ihrem Zimmer und warf sich auf ihr weiches Bett.

Nora erwachte am späten Nachmittag und vergrub ihr Gesicht in ihrem tränennassen Kissen. Carmen und Chris waren immer noch nicht zu Hause. Chris verbrachte das Wochenende bei seinen Großeltern, den Eltern seines Vaters, und Nora erinnerte sich schwach daran, dass Carmen Weihnachtsgeschenke einkaufen wollte.

Wieso nehme ich es Rick übel, dass er nett zu mir sein will? Sie unterdrückte die Tränen, die schon wieder fließen wollten. *Er kann doch nichts dafür, wenn er einfach zu gut für die Welt ist.*

Nora rollte sich auf den Rücken und griff nach ihrer Bibel. Ein altes Lesezeichen fiel zu Boden. Sie hob es auf und las zum ersten Mal seit langer Zeit die Verse, die in goldenen Buchstaben darauf standen, aus Sprüche, Kapitel 3, die Verse 5 und 6:

> *Verlass dich auf den Herrn von ganzem Herzen und verlass dich nicht auf deinen Verstand, sondern gedenke an ihn in allen deinen Wegen, so wird er dich recht führen.*

Dieser Vers machte Nora klar, dass es ihr nicht zustand zu fragen, warum bestimmte Dinge im Leben nicht so geschahen, wie sie es sich wünschte. Sie musste Gott vertrauen, dass er sie richtig führte. Dieses Vertrauen war ihr abhanden gekommen. Sie hatte ihr Leben selbst gestalten wollen … und es war ihr nicht gelungen. Nur Gott konnte ihr durch die schwierigen Zeiten hindurchhelfen und sie während der guten Zeiten halten.

In der folgenden Stunde schüttete sie Gott ihr Herz aus. Das hätte sie schon längst tun sollen. Als sie schließlich aufstand, ging es ihr viel besser. Während sie duschte und den Tag noch einmal begann, wurde sie immer heiterer.

Gegen sechs war sie wie neu geboren. Sie zog eine dunkelblaue Hose und ihren cremefarbenen Lieblingspullover an. Ihre blonden Haarspitzen kräuselten sich sanft um ihr rundes Gesicht und ein leichtes Makeup verbarg alle verräterischen Tränenspuren.

Kapitel 5

Als Nora auf den Parkplatz der Kirche fuhr, trafen immer noch Jugendliche ein. Neben Ricks Truck war ein freier Parkplatz. Dort stellte sie ihren Kombi ab. *Ich kann nicht glauben, dass ich wirklich hier bin, Herr. Wenn ich mich heute Morgen nur nicht so blöd benommen hätte*, dachte sie plötzlich.

Es dauerte eine Weile, bis sie den Mut gefunden hatte, aus ihrem Wagen auszusteigen und zum Gemeinschaftssaal im hinteren Teil des Gebäudes zu gehen. Laute Weihnachtsmusik drang durch die Tür des langen Raumes. Eine Küche ging von einem Ende des Saales ab und das andere Ende war zu einem kleinen Basketballfeld umgestaltet worden. Dazwischen wimmelte es von jungen Leuten. Sie standen plaudernd in Gruppen zusammen, warfen Bälle in den Korb, spielten Brettspiele und luden sich Essen auf ihre Pappteller.

Nora blieb in der Tür stehen und suchte in dem Meer von Gesichtern nach Rick. Einige Erwachsene hatten sich im Raum verteilt, aber Rick war nicht darunter.

„Hast du dich verirrt?“, ertönte hinter ihr eine tiefe Stimme.

Erschrocken wirbelte sie herum und stand vor Rick. Er hielt einen Stapel Pizzapackungen in den Armen und ein Pizzalieferant folgte ihm mit einer noch größeren Ladung. Ihr Blick wanderte zu Ricks Gesicht hoch. Er lächelte, aber in seinen Augen lag ein bekümmerter Ausdruck.

„Ich … äh …“

„Komm, iss ein Stück Pizza mit uns“, forderte Rick sie auf.

Nora trat zur Seite und ließ die Männer eintreten, als der Ruf „PIZZA!“ in dem großen Saal erschallte. Ganz selbstverständlich half sie, die vielen Schachteln auf einen langen Tisch zu stellen, und nachdem das Tischgebet gesprochen worden war, stand Rick neben ihr.

„Möchtest du dir einen Teller zurechtmachen?“, fragte er.

„Nein danke, ich habe keinen Hunger.“

„Kann ich kurz mit dir sprechen?"

Sie nickte, atmete tief durch und folgte ihm aus dem Raum. Er führte sie durch einen langen Flur in den Übertragungsraum, wo Eltern mit ihren Kleinkindern dem Gottesdienst folgen konnten. Er bot ihr einen der vier Schaukelstühle an und nahm neben ihr Platz.

Wie sollte sie ihm erklären, wie beschämt sie über ihr Verhalten von heute Vormittag war? Wie konnte sie ihm danken, dass er sie aufheitern wollte, ihn aber gleichzeitig von jeglichem Pflichtgefühl entbinden, das er ihr gegenüber empfinden mochte? Sie öffnete den Mund und wollte gerade ansetzen, als er das Wort ergriff.

„Ich bin sehr froh, dass du heute Abend doch noch gekommen bist. Ich wollte dir sagen, dass es mir sehr leid tut …"

Nora starrte ihn verblüfft an. Wofür entschuldigte er sich?

„Heute Morgen habe ich gemerkt, dass du ein wenig Zeit für dich brauchst, aber die ganze Woche habe ich mich dir aufgedrängt", erklärte Rick. „Manchmal bin ich so hilfsbereit, dass ich richtig lästig werde."

Noras sorgfältig überlegte Worte waren vergessen. Er gab sich die Schuld an ihrem Verhalten.

„In letzter Zeit hatte Gott viel Arbeit mit mir", fuhr Rick fort. „Ich glaube, ich wollte mir einen eigenen Weg zu Gott bauen, indem ich jede Minute mit Aktivitäten fülle, die ihm, wie ich dachte, gefallen müssten." Rick zuckte die Achseln und Nora lächelte verständnisvoll. „Mir ging die Puste aus und er hat mir einiges klargemacht. Nach intensivem Nachdenken ist mir klargeworden, dass ich noch gar nicht begriffen habe, dass Gott ein fürsorglicher Vater ist und kein Arbeitgeber."

Das konnte Nora gut nachempfinden. Gott zu dienen war leicht, viel schwerer dagegen war es, ihm vollständig mit Herz und Seele zu vertrauen. Sie begriff jetzt, warum Rick so viele gute Taten tat – auf diese Weise versteckte er seine eigentlichen Kämpfe. Die Kunst, vor anderen als vollkommener Christ zu erscheinen, hatte er geradezu perfektioniert.

„Rick, ich bin dir wirklich dankbar für deine Hilfe bei meinem Artikel und ich bin gern mit dir zusammen. Der Weihnachtsbaum war ein wundervolles Geschenk und –" Sie suchte nach den richtigen Worten. „Aber ich bin diejenige, die sich entschuldigen muss. Ich war so auf mich konzentriert, habe so im Selbstmitleid geschwelgt, dass ich nichts anderes mehr sehen konnte." Sie legte ihm die Hand auf den Arm. „Du hast es dir zur Aufgabe gemacht, mich aufzuheitern, und ich hatte nicht einmal den Anstand, dir dafür zu danken. Irgendwie hatte ich das Gefühl, dass ich dir leid tat." Sie blickte ihn an und hoffte, er würde sagen, dass sie sich irrte.

„Ich gestehe, so ähnlich fing es an", erklärte Rick. Er wich ihrem Blick aus. „Es tat mir in der Seele weh, dich so niedergeschlagen zu sehen wegen Weihnachten und weil dir dein Job keinen Spaß mehr macht. Ich wollte dich aufheitern und ein Lächeln auf dein Gesicht zaubern."

„Das hat auch funktioniert, gewissermaßen …", erwiderte sie lächelnd. „Ich meine, ich fing an, das Schöne wieder zu sehen, und habe auch meine Beziehung zu Gott wieder in Ordnung gebracht. Bis heute Morgen …" Es fiel ihr schwer zu gestehen, dass sie sein Gespräch mit Carmen belauscht hatte. „Heute Morgen habe ich mitbekommen, wie du zu Carmen gesagt hast, du wolltest mich aufheitern. Aber ich möchte nicht, dass du –"

„Du hast vollkommen recht", unterbrach Rick sie, der jetzt ihren Blick suchte. „Nora, können wir noch einmal neu anfangen? Können wir zurückgehen zu dem Zeitpunkt, als wir noch gern zusammen waren, und von da noch einmal neu anfangen?"

„Sehr gern", erwiderte sie leise. „Wollen wir zusammen Weihnachtseinkäufe machen?"

Er lachte. „Wie wäre es mit Montagabend?"

„Rick! Rick!", hallte es durch den Flur.

Rick sprang auf und rannte zur Tür. Nora rutschte auf die Stuhlkante vor. Sie wusste nicht, ob sie ihm folgen sollte. Gewissenbisse plagten sie, weil sie Rick in ein privates Gespräch verwickelt hatte, obwohl er eigentlich die Jugendlichen bei ihrer Party beaufsichtigen sollte. Doch schließlich schob sie ihre Bedenken beiseite und folgte ihm.

Eine kleine Gruppe hatte sich in der Küche zusammengefunden. Brad Cunningham, der Jugendpastor, schöpfte Wasser aus dem überlaufenden Spülbecken. Auf dem Boden hatte sich bereits eine große Pfütze gebildet.

Eine andere Aufsichtsperson erklärte die Situation. „Ich wollte einige Essensreste abspülen. Dann habe ich mich für einen Augenblick umgewendet, um einem der Mädchen zu helfen … Es tut mir schrecklich leid. Ich habe das Wasser laufen lassen, aber ich dachte, es würde ablaufen."

„Nun, der Abfluss ist definitiv verstopft", erklärte Rick mit einem Blick auf das verschmutzte Wasser im Spülbecken.

Nora schnappte sich einen Mopp und fing an, das Wasser vom Boden aufzuwischen. Bis der Boden wieder einigermaßen trocken war, war es Brad und Rick gelungen, den Abfluss frei zu machen, sodass das Wasser wieder abfließen konnte.

„Vermisst irgendjemand vielleicht ein Trockentuch?", fragte Rick und hielt ein zerrissenes Geschirrtuch in die Höhe.

Doch keiner wollte die Verantwortung übernehmen. Der Zwischenfall war bald vergessen. Im großen Raum sollte ein Gruppenspiel gespielt werden.

Zwei Mädchen hatten Nora in ihre Mitte genommen und verwickelten sie in ein Gespräch. Sie wollten wissen, warum sie Nora bisher noch nie hier gesehen hatten. Für sie war es selbstverständlich, dass Nora bei der „Reise nach Jerusalem" mitspielte. Da kannten sie kein Pardon.

Rick, dessen Hemd immer noch Wasserflecken hatte, beobachtete das bunte Treiben. Sobald eine neue Runde eingeläutet wurde, ließen einige der Jugendlichen ihm keine Ruhe. Auch Rick musste mitspielen.

Den Rest des Abends verbrachte Nora in der Mitte der energiegeladenen jungen Leute. Dann und wann fiel ihr Blick auf Rick, der ebenfalls an dem einen oder anderen Spiel beteiligt war. Als er einmal den Basketball mühelos über das kleine Feld dribbelte und ihn schließlich in den Korb warf, ertappte sie sich dabei, wie sie seine muskulösen Arme bewunderte. Schnell wandte sie den Blick wieder ab in der Hoffnung, dass niemand diesen Blick beobachtet hätte.

Der Abend wurde mit einer Andacht beendet, doch es dauerte eine Weile, bis die jungen Leute zur Ruhe kamen. Einige der Jungen setzten sich zu den Mädchen und fingen an, sie zu necken.

„Mit wem bist du gekommen?", fragte ein sommersprossiger Junge.

„Ich bin allein gekommen", erwiderte Nora wahrheitsgetreu. Sie lächelte freundlich.

„Ich meine, wer hat dich eingeladen?"

„Ich wusste gar nicht, dass man nur mit Einladung zu diesem Fest kommen durfte", gab Nora schlagfertig zurück. Sie hütete sich, diese Herausforderung zu ernst zu nehmen.

„So ist es“, fuhr der Junge fort, kippte seinen Stuhl nach hinten und verschränkte die Arme vor der Brust. Ein überhebliches Lächeln umspielte seine Lippen. „Ich muss deine Einladung sehen, oder du wirst rausgeschmissen.“

„Sie ist mit mir gekommen“, ertönte Ricks Stimme von hinten. Der Klang seiner Stimme erwärmte Nora vom Kopf bis zu den Zehen.

„Ach so“, erwiderte der Junge. Das war eine neue Information für ihn. „Dann ist sie also deine Freundin?“

Rick schien es für den Augenblick die Sprache verschlagen zu haben. Nora wagte nicht, ihn anzusehen, aber sie wusste auch nicht, wie sie den neugierigen Blicken der jungen Leute ausweichen sollte.

„Jemand muss sie doch vor dir beschützen, Chuck“, erwiderte Rick schließlich. Er packte den Jungen an den Schultern und drückte ihn nach unten, sodass alle vier Stuhlbeine wieder auf dem Boden standen. „Und ihr solltet diese Stühle schön ordentlich in einer Reihe aufstellen, damit Pastor Brad seine Andacht halten kann“, ordnete er schließlich mit Nachdruck, aber freundlich an.

Nachdem der Saal aufgeräumt war und alle Jugendlichen nach Hause gegangen waren, begleitete Rick Nora zu ihrem Wagen.

„Habe ich dir eigentlich schon gesagt, wie froh ich bin, dass du heute Abend doch noch gekommen bist?“, fragte er.

Nora lächelte. „Ich habe mich prächtig amüsiert.“

„Du kannst toll mit diesen jungen Leuten umgehen.“

„Sie halten einen ganz schön beschäftigt, aber sie sind sehr nett.“

„Ich mag sie auch sehr“, meinte Rick. „Bestimmt würden sie sich freuen, wenn du noch mal dazukommst.“

Nora schloss ihren Wagen auf. Rick trat näher und hielt ihr die Tür auf.

„Also, dann sind wir für Montag verabredet?“, fragte er.

„Klingt gut.“ Nora wollte noch nicht losfahren, aber sie wusste auch nicht, was sie sonst noch sagen sollte. Sie setzte sich ans Steuer und steckte langsam den Schlüssel ins Zündschloss.

Rick schien ähnlich zu empfinden. „Sehen wir uns morgen?“

Sie nickte lächelnd.

Vorsichtig schloss Rick ihre Autotür und wartete, bis sie vom Parkplatz fuhr.

Am Sonntag war Nora immer noch bester Laune, als sie wenige Minuten vor Beginn der Stunde den Sonntagsschul-Gruppenraum betrat. Dieses Mal setzte sich Rick neben sie, aber sie sprachen wenig miteinander. Nach der Stunde kamen einige der jungen Leute, die sie bei der Weihnachtsparty kennengelernt hatte, auf sie zu und sie hatte keine Gelegenheit mehr, mit Rick zu sprechen, bevor er zum Chor auf die Empore gehen musste.

Mit neu erwachtem Interesse lauschte Nora der Predigt. Pastor Freed war ein gut aussehender Mann mit volltönender Stimme. Er forderte ihren Glauben heraus und wurde für sie zum Botschafter der Hoffnung.

Als Nora und Carmen sich am Nachmittag daranmachten, die Weihnachtsgeschenke einzupacken, berichtete Nora Carmen von ihren Erlebnissen.

„Ich habe mich gestern unmöglich benommen", gestand Nora. „Das war mir so peinlich."

„Leider müssen wir manchmal einen Rückschlag hinnehmen, bevor uns einiges klar wird. Zum Glück scheint Rick ja sehr verständnisvoll zu sein."

„Oh, das ist er wirklich", versicherte ihr Nora. „Weißt du, er hat sich sogar bei mir entschuldigt. Nachdem wir die Missverständnisse zwischen uns geklärt hatten, haben wir den Abend wirklich sehr genossen. Er scheint sehr häufig in der Jugendgruppe mitzuarbeiten. Die jungen Leute sind gern mit ihm zusammen."

Carmen lächelte. „Rick Thompson scheint auch viele innere Qualitäten zu besitzen." Sie legte den Kopf zur Seite und beobachtete Noras Reaktion.

Unwillkürlich errötete Nora. Sie konnte nichts dagegen machen. Carmen neckte sie nur, das war ihr klar. Sie beschloss, schnell das Thema zu wechseln. „Hast du denn schon alle deine Geschenke zusammen? Ihr fahrt doch morgen."

„Ich denke schon", erwiderte Carmen, „aber ich habe noch nicht alles gewaschen, was ich mitnehmen wollte."

„Ich helfe dir gern", bot Nora an.

„Es tut mir sehr leid, dass wir jetzt doch früher losfahren müssen als geplant. Willst du uns wirklich nicht nach Pensacola begleiten? Heiligabend werden wir vermutlich am Golf verbringen."

„Danke, aber wenn es deiner Mutter nicht so gut geht, dann braucht sie wirklich nicht noch einen zusätzlichen Gast", lehnte Nora ab. „Außerdem muss ich ja meinen Artikel fertig schreiben."

„Ich lege deine Geschenke unter den Baum für den Fall, dass du sie am Weihnachtsmorgen auspacken möchtest."

„Ich würde lieber warten, bis du und Chris wieder da seid. Ich möchte eure Reaktionen sehen, wenn ihr eure Geschenke auspackt."

„Was hast du für Chris gekauft?", fragte Carmen aufgeregt.

„Das weiß ich erst morgen, wenn ich mit Rick Weihnachtsgeschenke einkaufen gehe."

Carmen reckte triumphierend die Faust. „Ja!"

Nora blickte ihre Freundin stirnrunzelnd an. „Allerdings habe ich da so ein paar Ideen."

„Er braucht ein neues Nintendo-Spiel. Das Spiel, das er zum Geburtstag bekommen hat, wird mir langsam langweilig", verkündete Carmen, und beide Frauen brachen in Gelächter aus.

Kapitel 6

Am Montag kam Rick gegen Mittag zu Noras Schreibtisch und legte einen Stapel Schwarz-Weiß-Fotos vor sie hin.

„Schon fertig?“, rief sie aufgeregt und blätterte die Fotos aus den vier Obdachlosenunterkünften, die sie gemeinsam besucht hatten, sofort durch. Das letzte Foto im Stapel war das von ihr im Second Hope Shelter. Sie beugte sich gerade hinunter und strich einem Kleinkind in dem Heim für misshandelte Frauen über den Kopf. Ein Lächeln umspielte ihre Lippen und die Morgensonne fiel auf ihre Haare. Was sie sah, gefiel ihr.

„Das kannst du behalten. Ich habe es für dich gemacht.“

Nora blickte zu Rick auf und ihr Herz erwärmte sich. „Danke – für alles.“

„Darf ich dich zum Mittagessen einladen?“, fragte Rick. „Ich bezahle.“

„Eigentlich wollte ich durcharbeiten, aber du hast mich gerade überredet“, erwiderte sie lächelnd.

Später im Bistro auf der anderen Straßenseite verzehrten sie genüsslich ihre Sandwiches. Während sich Nora über ihr Truthahn-Sandwich hermachte, unterhielt Rick sie mit Geschichten, die er während der Arbeit erlebt hatte.

„... zum Glück hatte ich in letzter Minute noch daran gedacht, einen zusätzlichen Film einzupacken“, fuhr Rick fort, doch dann verdüsterte sich sein Gesichtsausdruck. „Meistens macht mir meine Arbeit Freude, aber ich kann mir nicht vorstellen, für den Rest meines Lebens als Fotograf zu arbeiten.“

„Und was würdest du gern tun?“, fragte Nora interessiert.

„Mein Wunsch war schon immer, Menschen zu helfen“, erwiderte er ernst, „ihnen in ihrem Leben mit Christus Mut zu machen. Ich möchte Gott dienen, indem ich anderen diene. Aber natürlich muss ich dabei die richtige Perspektive behalten.“

Ihr Gespräch vom Samstagabend fiel ihr wieder ein. „Das klingt sehr ehrenhaft“, meinte Nora. Wie gern hätte auch sie einen solchen Traum.

„Ich mache gerade einen Fernkurs an deinem alten College“, fuhr Rick fort. „Zweimal im Monat fahre ich zu einem Seminar nach Orlando, und wenn dieses nächste Semester im Mai vorbei ist, lege ich ein Examen ab.“

„Das ist ja toll! Dieses College hat schon einige gute Pastoren hervorgebracht. Welchen Fachbereich hast du gewählt?“

„Jugendpastor.“

„Oh, wie schön. Gibt es eigentlich auch eine Altersgruppe, mit der du nicht so gut zurechtkommst?“, neckte sie.

Rick lachte. „Wenn ich ehrlich bin, mit kleinen Kindern kann ich nicht so gut umgehen. Ich liebe Kinder, aber nur eins oder zwei auf einmal. Mit einer Sonntagsschulgruppe von Grundschülern wäre ich vollkommen überfordert. Diese kleinen Wirbelwinde, die nicht zu bändigen sind, das ist nichts für mich. Und mit Menschen meiner Altersgruppe habe ich auch so meine Probleme. Ich weiß immer nicht, was ich jungen Erwachsenen in ihren jeweiligen Lebenssituationen raten soll. Zum Glück setzt sich meine Männergruppe vorwiegend aus älteren Männern zusammen.“

Nora lächelte über Ricks Offenheit. „Du weißt ja sicher, dass Pastor Brad nächstes Jahr eine andere Gemeinde übernehmen möchte. Hast du vor, ihn als Jugendpastor zu ersetzen?“

Rick zuckte die Achseln. „Ich muss dahin gehen, wo Gott mich hinführt. Schon viel zu lange bin ich meinem eigenen Weg gefolgt, und das hat mich nicht weitergebracht.“

Die Erkenntnis, dass er die Stadt verlassen könnte und ihre neu gefundene Freundschaft damit zu Ende wäre, schockierte sie. „Ich wünschte nur, ich wüsste, wo Gott mich gebrauchen möchte. Ich habe das Gefühl, in den vergangenen zwei Jahren in der Warteschleife gehangen zu haben. Seit meinem Collegeabschluss ist mir das Ziel abhanden gekommen.“

„Du bist doch eine gute Journalistin, und es ist wichtig, dass bei den Zeitungen Reporter arbeiten, die an Gott glauben und schreiben, was wahr ist“, versuchte Rick sie zu beruhigen.

„Ich weiß, und mir gefällt meine Arbeit ja auch“, erklärte sie. „Aber der Druck wird mir manchmal zu viel. Wenn ich im Journalismus etwas erreichen will, muss ich aggressiv große Storys verfolgen und mir einen Namen als Reporterin machen. Aber dazu reicht mein Talent nicht aus."

Sie hob die Hand, um Ricks Erwiderung zu unterbinden. „Ich weiß, dass ich bei der Zeitung nicht wirklich glücklich werden kann. Ich habe einen Traum. Ich möchte spezielle Themen, die für andere von Interesse sind, recherchieren und für Zeitschriften darüber schreiben, am liebsten von zu Hause aus, damit ich für meine Kinder da sein kann. Seit ich meine Eltern verloren habe, wünsche ich mir zunehmend eine eigene Familie. Dieser Job ist eine Beschäftigung, und das Geld brauche ich, um meinen Lebensunterhalt zu finanzieren, aber das ist auch nichts von Dauer. Irgendwie warte ich, bis Gott mir zeigt, was ich sonst tun kann, schätze ich."

Sie blickte nicht von ihrem Teller auf, denn sonst hätte sie das weiche Lächeln bemerkt, das sich auf Ricks Gesicht stahl. „Nun, egal was das Morgen für uns bereit hält, wir müssen heute wieder zurück an unseren Job", sagte er, erhob sich und rückte ihr den Stuhl zurück.

Am Abend wurde Rick nur einmal ungeduldig. Das war, als sie sich zu viel Zeit bei der Auswahl eines Geschenks für ihre Schwägerin Michelle nahm. Nora kannte Michelles ausgewählten Geschmack und wollte das richtige Geschenk für ihre Schwägerin finden.

„Du brauchst viel zu lange für diese Entscheidung. Wenn Michelle tatsächlich so schlimm ist, wie du behauptest", argumentierte Rick, „wird sie einfach alles, was du für sie aussuchst, wieder umtauschen."

Nora konnte sich seiner Logik nicht verschließen, und nachdem sie ein paar Ohrringe ausgesucht hatte, die ihr persönlich sehr gefielen, konnten sie ihre Einkäufe beenden und nach Hause fahren. Als Rick auf den Highway auffuhr, lehnte sich Nora gemütlich in ihren Sitz zurück und freute sich an den Weihnachtslichtern, die der Dunkelheit einen besonderen Glanz verliehen. Dass es an diesem Weihnachtsfest für sie keinen Schnee und keine Familienzusammenkunft geben würde, machte ihr nun nicht mehr so viel aus.

Rick schien ihre Gedanken erraten zu haben. „Siehst du, Weihnachten in den Tropen ist so übel doch gar nicht, stimmt's?"

„Nicht wenn man sich in Erinnerung ruft, warum dieses Fest gefeiert wird. Ich glaube, ich habe viel zu viel Geld ausgegeben, aber es hat mir einfach Spaß gemacht!" Sie summte ein Weihnachtslied vor sich hin, und schon bald stimmte Rick in das fröhliche Lied „Jingle Bells" mit ein.

„Ich wusste ja gar nicht, dass du singen kannst", meinte Rick.

Nora lachte. „Ich habe im College-Chor mitgesungen. Aber ich durfte nur mit dabei sein, damit der Chor größer wirkt."

„Ach, du bist viel zu bescheiden", beharrte Rick. „Du hättest beim Einstudieren des ‚Messias' mitmachen sollen. Dieses Jahr habe ich es zeitlich leider nicht geschafft."

„Die klassischen Sachen mag ich nicht so. Ich ziehe es vor, mein Talent – oder mein mangelndes Talent – auf die Töne der guten alten Südstaatengospel zu verschwenden", erklärte Nora. „Mein Vater sagte immer …" Ihre Stimme brach.

„Ich wette, er fand, dass du so schön wie ein Vogel singst", meinte Rick in einem Versuch, die Stille zu durchbrechen.

„Beinahe hätte ich es vergessen", überlegte sie traurig. „Er hat mich immer geneckt und gesagt, ich sänge wie ein Hahn. Aber andererseits hat auch er nie behauptet, ein musikalisches –"

„Hey!" Rick unterbrach sie. „Das Auto da ist auf der falschen Spur unterwegs!"

In diesem Augenblick krachte es auch schon. Nora musste mit ansehen, wie der Wagen des Geisterfahrers einen anderen Wagen in der Seite rammte. Die Funken sprühten in alle Richtungen. „Oh lieber Herr", betete sie leise, die Hände unter dem Kinn gefaltet.

Rick hielt sofort am Straßenrand an, noch während die Autos über die Straße schleuderten. „Ich muss nachsehen, ob ich helfen kann", sagte er, sprang aus dem Wagen und rannte über die Straße zum Mittelstreifen, wo die Autos zum Stehen gekommen waren.

Nora blieb reglos sitzen; der Schock saß ihr noch in den Knochen. Langsam öffnete sie ihre Tür und überquerte vorsichtig die Schnellstraße.

Rick öffnete gerade die hintere Tür auf der Beifahrerseite des Autos, in dessen Seite der Geisterfahrer geprallt war. Ein kleines Mädchen von etwa vier Jahren brüllte wie am Spieß. Rick untersuchte sie kurz nach Verletzungen, dann schnallte er sie ab und reichte sie an Nora weiter. Nora drückte das Kind an sich und versuchte, es zu beruhigen. Rick kletterte wieder in den Wagen und schnallte einen Jungen ab, der sieben oder acht Jahre alt zu sein schien. Er klagte über Schmerzen in der Schulter, und Rick drängte ihn sanft, über den Rücksitz zu rutschen und auszusteigen.

Der Fahrer schien nicht so viel Glück gehabt zu haben wie seine Kinder. Sein Kopf lag an der Tür und er schien das Bewusstsein verloren zu haben. Rick setzte den Jungen vorsichtig auf dem Gras ab, bevor er sich um den Mann kümmerte.

Mittlerweile hatten ein Wagen mit einem Anhänger und ein Personenkraftwagen angehalten. Drei Männer kümmerten sich um die beiden Insassen des anderen Fahrzeugs. Nora wandte sich dem kleinen Jungen zu und hockte sich neben ihn. Das kleine Mädchen hielt sie fest an sich gedrückt.

„Wie geht es dir?", fragte sie ihn. „Ich heiße Nora. Kannst du mir deinen Namen sagen?"

„Ich bin Josh Brooks. Meine Schulter tut so weh", sagte er. „Ist mein Dad in Ordnung?"

„Mein Freund Rick hilft ihm gerade", beruhigte Nora ihn. „Wir kümmern uns jetzt mal um deine Schwester. Wie heißt sie?", fragte sie und wandte ihre Aufmerksamkeit dem kleinen Mädchen zu, das ihr Gesicht an Noras Schulter gedrückt hatte.

„Mer…r…", ertönte die gedämpfte Antwort unter ihren braunen Locken hervor.

„Sie heißt Merrie", erklärte ihr großer Bruder. „Sie ist gerade vier geworden."

„Und wie alt bist du?", fragte Nora, während sie Rick im Auge behielt, der dem Vater im Wagen Erste Hilfe leistete.

„Kurz bevor wir von zu Hause losgefahren sind, bin ich acht geworden", verkündete Josh stolz.

„Wo wohnt ihr denn?"

Der Junge schwieg. „Vor Mamas Tod haben wir in North Carolina gelebt. Dad sagt, dass wir jetzt vielleicht in Miami wohnen werden."

Noras Blick wanderte erneut zu dem Wagen. Gerade war ein Abschleppwagen eingetroffen. „Habt ihr Verwandte in Miami?"

„Nein, mein Onkel lebt in Kalifornien." Sehnsucht lag in der Stimme des Kindes. „Er will Filmschauspieler werden."

Kurz darauf hörte Nora Sirenen, und ein Polizeiwagen und Rettungswagen hielten am Unfallort an. Die Kinder beobachteten, wie ihr Vater vorsichtig auf eine Trage gelegt und in den Rettungswagen geschoben wurde. Gern hätte Nora die Kinder irgendwie beruhigt, doch sie wusste nicht, was sie sagen sollte. Stattdessen betete sie, Gott möge alles gut werden lassen.

Der Polizeibeamte kam zu den Kindern und erklärte ihnen, sie dürften jetzt in seinem Polizeiwagen mitfahren. Er würde sie ins Krankenhaus bringen. Josh schien die Vorstellung, in einem Polizeiwagen zu fahren, zu gefallen, aber Merrie klammerte sich verzweifelt an Nora. Rick kam zu ihnen und versuchte, ihr das kleine Mädchen aus den Armen zu nehmen.

„Rick", sagte Nora. Sie empfand tiefes Mitgefühl mit dem verängstigten Kind. „Können wir sie denn nicht ins Krankenhaus bringen?"

„Wenn Sie möchten, Madam", bot der Polizeibeamte an, „können Sie die Kinder in meinem Wagen begleiten."

Rick nickte. „Ich folge euch."

Nora stieg hinten in den Polizeiwagen ein und ließ Josh vorne neben dem Polizisten sitzen. Sie schnallte Merrie auf ihrem Sitz an und drückte das Kind fest an sich.

„Wo ist mein Daddy hingefahren?", fragte das verängstigte Kind.

„Er wird ins Krankenhaus gebracht, damit der Arzt ihn untersuchen kann", erklärte Nora sanft. „Wir sind bald bei ihm."

Das Kind glaubte ihr und kuschelte sich an sie.

Rick wartete im Wartezimmer der Ambulanz auf sie. Der Polizist ging, um sich nach dem Vater der Kinder zu erkundigen. Kurz darauf gelang es Josh, seine Schwester für das Spielzeug zu interessieren, das für Kinder bereit stand. Bis auf einen Mann, der in einer Ecke saß und schlief, und zwei älteren Frauen in der Nähe der Tür war das Wartezimmer leer.

„Ich glaube, ihr Vater hat eine Gehirnerschütterung", erklärte Rick leise, „und vielleicht ist sein linkes Bein verletzt. Klagt der Junge immer noch über seine Schulter?"

„Schon länger nicht mehr, aber ich denke, ein Arzt sollte mal nach ihm sehen", erwiderte Nora.

„Haben sie Familienangehörige, die benachrichtigt werden sollten?"

„Ich weiß es nicht. Sie kommen aus North Carolina und … Rick, ich glaube, sie haben kein Zuhause."

„Was ist mit ihrer Mutter?“

„Josh sagte, sie sei gestorben, bevor sie North Carolina verlassen hätten“, erklärte Nora.

„Ich habe den Eindruck, dass diese Familie unsere Gebete gebrauchen könnte. Was hältst du davon?“

„Jetzt?“

„Ja, aber wenn du lieber nicht möchtest …“

„Oh ja, du hast ganz recht. Wir müssen für sie beten“, versicherte ihm Nora.

Nachdem sie gebetet hatten, ging Rick zur Anmeldung der Ambulanz und unterhielt sich mit dem Polizeibeamten, der sich gerade verabschieden wollte.

„Der Fahrer des anderen Wagens war wohl schon sehr alt“, berichtete Rick, als er zu Nora zurückkam. „Anscheinend haben ihn die vielen Spuren auf dem Highway verwirrt und er ist falsch aufgefahren. Als er seinen Fehler bemerkte, hat er vermutlich Panik bekommen und den anderen Wagen gerammt. Ein Rettungswagen hat ihn und seine Frau ins Krankenhaus gebracht, als wir gerade losgefahren sind.“

Nora und Rick brachen ihr Gespräch ab, als Merrie zu ihnen herüberkam. „Ich will meinen Daddy sehen“, sagte sie. Sie lutschte an zwei Fingern.

Rick zog das Kind auf seine Knie. „Ist in Ordnung, Süße. Die Ärzte brauchen noch eine Weile, um ihn zu versorgen. Wie wäre es, wenn du dich hier zu Nora legst und ein wenig schläfst?“

Sofort ging das Kind zu Nora hinüber. Es war schon fast halb zwölf in der Nacht und das Mädchen war müde. Rick spielte Blindekuh mit Josh, um ihn zu beschäftigen.

Gegen Mitternacht kam eine Krankenschwester zu ihnen und erklärte, dass der Vater wieder ganz gesund werden würde. Allerdings müsste er für mindestens eine Nacht im Krankenhaus bleiben. Die Frau versicherte, sie würde dafür sorgen, dass die Kinder vorübergehend untergebracht würden.

„Wenn es in Ordnung ist“, sagte Rick zu der Schwester, „würden wir gern heute Nacht bei den Kindern bleiben. Das kleine Mädchen klammerte sich sehr an Miss Daniels. Ich glaube, es wäre nicht gut, sie zu trennen, bevor das Kind seinen Vater heil und gesund gesehen hat.“

„Das geht in Ordnung", stimmte die Frau zu. „Ich bringe Sie zu einem kleinen Warteraum auf Mr Brooks Stockwerk."

„Danke", sagte Rick, „und könnte jemand mal nach der Schulter des kleinen Jungen sehen? Ich glaube, sie ist verletzt."

Sofort führte die Frau Rick und Josh zu einem Untersuchungsraum. Dann kam sie zurück und brachte Nora und die schlafende Merrie in einen Warteraum im vierten Stock. Nachdem sie ihnen ein paar Kissen und Decken gegeben hatte, ließ sie sie für die Nacht allein.

Kapitel 7

Ein stechender Schmerz in der Seite weckte Nora auf. Sie hatte viel zu lange in aufrechter Position geschlafen und musste jetzt unbedingt ihre Muskeln strecken. Neben ihr lag Merrie auf einem zweisitzigen Sofa in tiefem Schlaf. Josh hatte sich auf dem Boden ausgestreckt. Nora blickte auf die andere Seite des kleinen Zimmers, wo Rick auf einem anderen Stuhl saß und schlief. Die Füße hatte er auf einen kleinen Tisch gelegt.

Schnell befreite sie sich aus ihrer unbequemen Sitzposition und trat ans Fenster. Ein heller, sonniger Tag brach über Florida an. In zwei Tagen war Weihnachten. Sie schüttelte den Kopf und lächelte in sich hinein. Noch vor wenigen Tagen hätte dieses Wetter sie deprimiert. Doch jetzt standen in Ricks Wagen ganze Tüten voller Weihnachtsüberraschungen und warteten darauf, von ihr verpackt zu werden.

Unten auf dem Cypress Boulevard floss der Verkehr. Die Schneevögel, wie die Rentner aus dem Norden, die nach ihrer Pensionierung in den Süden kamen, genannt wurden, machten ihren Morgenspaziergang, Kinder vergnügten sich auf dem Spielplatz und Durchreisende nahmen mit ihren Schildern „Ich arbeite für Essen" ihre Posten in der Nähe der Kreuzungen ein. Selbst die kleinsten Städte in Florida zogen Amerikaner aller Schichten an.

Nora wandte sich vom Fenster ab und stieg vorsichtig über Josh hinweg, vorbei an dem Tisch, auf dem Ricks Füße lagen, bis sie schließlich die Tür erreichte. Sie ging zum Schwesternzimmer und fragte eine Krankenschwester mit zurückgebundenen schwarzen Locken, wo sie einen Kaffeeautomaten finden könnte.

„Sind Sie die Frau, die über Nacht bei den Kindern aus dem verunglückten Auto geblieben ist?", fragte die Schwester.

„Ja, ich bin Nora Daniels."

„Ich bewundere Sie, dass Sie sich die Zeit genommen haben. Diese Kinder waren doch bestimmt zutiefst verängstigt."

„Jeder, der in ihre kleinen traurigen Gesichter geblickt hat, hätte dasselbe getan", versicherte Nora der Schwester.

„Hey, hören Sie", sagte die Schwester. „Ich habe gerade Kaffee gekocht. Nehmen Sie doch davon. Dann brauchen Sie nicht nach unten zu laufen."

Als Nora mit zwei Plastikbechern in den kleinen Warteraum zurückkam, war Rick wach und stand am Fenster. Er lächelte sie verschlafen an und nahm den Kaffee entgegen, den sie ihm reichte.

„Woher wusstest du, wofür ich gerade gebetet habe?", fragte Rick. Ganz unvermittelt legte er seine Hand an Noras Wange.

Diese Geste verblüffte Nora, und sie senkte verlegen den Blick.

„Du siehst so müde aus, wie ich mich fühle", meinte Rick und ließ schnell seine Hand wieder sinken.

Automatisch kehrte Noras Blick zu Ricks Gesicht zurück, aber sie wusste nicht, was sie sagen sollte. Plötzlich war sie sehr verwirrt. *Warum kann ich mich nicht einfach freuen, dass ich Rick zum Freund habe? Warum muss ich immer mehr in sein Verhalten hineininterpretieren?*, schimpfte sie sich. *Herr, darum kann ich einen Freund nie lange halten. Ich habe solche Angst davor, allein zu sein, dass ich sie alle vergraule.*

Josh schälte sich aus seinen Decken und Rick kniete nieder und wuschelte dem Jungen durch die blonden Haare. „Gut geschlafen, Kumpel?"

„Ich glaub' schon", sagte Josh und gähnte. „Können wir jetzt Dad sehen?"

„Ich wollte gerade losgehen und die Schwester fragen", erwiderte Rick. „Willst du mitkommen?"

Josh rappelte sich auf und folgte Rick in den Flur. Rick steckte den Kopf noch einmal zur Tür herein. „Sollen wir Frühstück mitbringen?"

Nora nickte lächelnd. Sie war noch in ihr Gebet vertieft.

Es dauerte eine ganze Weile, bis Rick und Josh zurückkehrten. Als sie die Tür öffneten, saß Nora auf dem Sofa und hielt Merrie in den Armen, die gerade aufgewacht war. Josh rannte ins Zimmer und setzte sich neben sie auf den Boden.

„Merrie, ich habe Daddy gesehen", berichtete Josh aufgeregt. „Er hat einen dicken Verband um den Kopf und eine riesige Beule. Wir können gleich in sein Zimmer gehen."

Nora blickte Rick an. Er nickte. „Wie es scheint, erholt er sich recht gut“, erklärte er. Dann packte er die Tüte in seiner Hand aus und legte einzeln verpackte Brötchen, frisches Obst und Saftpäckchen auf den kleinen Tisch im Raum. „Frühstück ist fertig“, verkündete er mit einer tiefen Verbeugung.

Merrie verrenkte sich den Hals und inspizierte das Angebot. Schließlich deutete sie auf eine Banane.

„Banane ist ihr Lieblingsobst, und von Orangensaft wird ihr übel“, erklärte Josh mit der Weisheit des älteren Bruders.

Nora fühlte sich in ihrer kleinen Gruppe wohl. Es war für sie ganz natürlich, zu beobachten, wie Rick Josh neckte wegen der vielen Brötchen, die er in seinen kleinen Körper stopfte. Nora drückte Merrie an sich. Das kleine Mädchen verspeiste genüsslich seine Banane, bis die ganze Frucht verschwunden war.

Als Noras Blick zu Rick zurückkehrte, errötete sie, weil er sie beobachtete. Nervös strich sie eine Haarsträhne hinter ihr Ohr und wartete darauf, dass jemand etwas sagte.

„Merrie, wollen wir jetzt zu Daddy gehen?“ Josh durchbrach die Stille, erhob sich und klopfte die Krümel von seinem Sweatshirt. Merrie sprang mit vor Erwartung weit aufgerissenen Augen sofort auf.

Als die kleine Gruppe Zimmer 433 betrat, hatte Mr Brooks gerade sein Frühstück beendet. Er war sehr schlank und seine blonden Haare wichen an der Stirn bereits zurück.

„Komm her, Süße“, sagte Mr Brooks und streckte die Arme nach Merrie aus. Sie kletterte auf das Bett und drückte sich an ihren Vater.

Josh setzte sich auf die andere Seite des Bettes. Rick und Nora blieben an der Tür stehen. Nora freute sich, dass die Kinder wieder bei ihrem Vater waren und dass er nicht schlimm verletzt war. Rick ergriff ihre Hand und drückte sie sanft. Er ließ sie danach auch nicht los, als wäre es das Natürlichste von der Welt, ihre Hand zu halten. Die Berührung seiner Hand wärmte Nora, und es gab in diesem Moment keinen Ort auf der Welt, wo sie lieber gewesen wäre.

„Miss Daniels“, sagte Mr Brooks gerade. Nora hatte Mühe, ihre Aufmerksamkeit auf das Krankenbett zu lenken. „Mr Thompson hat mir erzählt, dass Sie sich in den vergangenen Stunden meiner kleinen Merrie angenommen haben und ihr eine richtige Freundin waren. Ich möchte Ihnen von Herzen dafür danken.“

Rick ließ ihre Hand los und bedeutete ihr, dass Nora sich auf den Stuhl am Bett setzen sollte. Sie steckte ihre Hand in die Tasche ihres Pullovers, um das Gefühl von Ricks Hand zu bewahren.

„Es war mir eine große Freude, Mr Brooks", antwortete sie. „Merrie ist ein richtiger kleiner Engel."

„Nennen Sie mich Tom", bot er an. Er hielt seine beiden Kinder im Arm. „Man sagte mir, dass ich vielleicht schon heute Nachmittag entlassen werden kann. Wissen Sie vielleicht, was mit meinem Wagen geschehen ist?"

„Nein", erwiderte Rick, „aber ich erkundige mich gern für Sie."

„Ich belästige Sie nur ungern damit", erwiderte Tom. „Sie haben schon so viel für uns getan."

„Haben Sie Familie, die verständigt werden sollte?", fragte Nora. „Wohin waren Sie unterwegs?"

Tom schüttelte den Kopf. „Ich möchte die Eltern meiner Frau nicht beunruhigen. Sie haben einen Haufen körperlicher und finanzieller Probleme. Mein Bruder lebt in Los Angeles, aber ich werde ihn später anrufen." Toms Blick wanderte in die Ferne und sein Gesicht rötete sich, als wäre ihm die Angelegenheit peinlich. „Wir waren auf dem Weg nach Miami, doch da erwartet uns niemand."

„Ich kann mir vorstellen, dass die Reparatur Ihres Wagens einige Tage in Anspruch nehmen wird", meinte Rick. „Können wir Sie vielleicht irgendwohin bringen? Vielleicht in ein Motel?"

Tom schüttelte den Kopf und wandte den Kopf von ihnen ab zum Fenster. „Wir können uns das im Augenblick nicht leisten", gestand er. „Sehen Sie, vor knapp zwei Jahren ist meine Frau gestorben. Sie hat lange gegen den Krebs angekämpft und ..." Er holte zitternd Luft. „Die Krankenhausrechnungen waren sehr hoch. Ich bin nicht besonders gut damit klargekommen. Auf der Arbeit hatte ich viel Stress und dann noch die Kinder. Auf jeden Fall habe ich kurz darauf meinen Job verloren, dann auch noch das Haus."

Josh streichelte seinem Vater die Schulter. Tom fuhr fort: „Kellys Eltern konnte ich nicht damit belasten, darum sind wir nach Atlanta gezogen. Ich hatte einen Gelegenheitsjob und eine kleine Wohnung, aber es war sehr schwierig", erzählte Tom leise und mit brechender Stimme, „und auch nicht von Dauer."

„Was ist mit Ihrem Bruder?", fragte Rick.

„Ich weigere mich, meine Kinder seinem Lebensstil auszusetzen“, erwiderte er mit ungewohnter Heftigkeit.

Mühsam gegen die Tränen ankämpfend, sagte Nora: „Wir werden Ihnen helfen, hier eine Unterkunft zu finden, zumindest über die Feiertage.“

Die Kinder forderten wieder die Aufmerksamkeit ihres Vaters und Rick beugte sich vor und flüsterte Nora etwas ins Ohr.

„Ich rufe in der Kirche an und frage, ob sie eine Möglichkeit sehen, ihn zu beschäftigen. Und hast du die Nummer der Good Shepherd Mission? Ich dachte an das neue Haus, das gerade eröffnet wurde. Wirst du … beten?“

„Natürlich“, erwiderte sie mit großer Ernsthaftigkeit.

Nora kramte in ihrer Tasche, zog ihren Terminplaner hervor und gab Rick die Telefonnummer. Er verließ das Zimmer und sie lehnte sich zurück, um zu beten. Tom und die Kinder sprachen über den Unfall. Josh fand ihr Erlebnis nun, wo alles vorbei war, schrecklich aufregend.

Es wurde bereits dunkel, als Rick und Nora mit Josh, Merrie und Tom, der sich sehr vorsichtig bewegte, zur Good Shepherd Mission fuhren. Rick hatte sich den Kleinbus seiner Eltern ausgeliehen und war mit den Brooks zu der Werkstatt gefahren, in der ihr Wagen repariert wurde, damit sie ihre Sachen holen konnten.

Als sie bei dem neuen Haus der Good Shepherd Mission, einem umgebauten Motel, ankamen, fragte Josh, ob es hier einen Swimmingpool gäbe.

„Nein“, erklärte Nora, „der wurde bereits vor Jahren zugeschüttet.“

Rick hatte die Zimmerschlüssel geholt und schon kurz darauf hatte sich die Familie eingerichtet.

„Ich komme morgen wieder vorbei und sehe nach Ihnen“, versprach er.

Tom verabschiedete sich von Rick und Nora. „Ich wollte Ihnen noch einmal danken. Es ist lange her, dass sich jemand … gekümmert hat.“

Tränen glitzerten in den Augen des älteren Mannes und Nora kämpfte gegen ihre eigenen Tränen an.

„Unglaublich, dass morgen bereits Heiligabend ist“, sagte Rick, als er Nora mehr als vierundzwanzig Stunden nach ihrem Einkaufsausflug nach Hause brachte. „Für die Generalprobe des Chores heute Abend bin ich bereits zu spät. Du kommst doch morgen Abend, nicht?“

„Darüber habe ich noch gar nicht nachgedacht“, erwiderte Nora, „aber ja, ich denke schon.“

„Ich halte Ausschau nach dir.“

Diese Antwort gefiel Nora.

Nachdem Rick ihr geholfen hatte, ihre Päckchen ins Haus zu bringen, konnte er nicht widerstehen, seinen Lieblingseinkauf zu kommentieren.

„Du meine Güte, dieser Baum sieht wirklich gut aus!“

„Oh, ich muss Wasser nachfüllen“, erinnerte sich Nora.

„Wo sind Carmen und Chris?“

„Sie sind gestern nach Pensacola gefahren. Carmens Mutter brauchte Hilfe bei den Vorbereitungen für das Fest. Die ganze Familie wird über Weihnachten da sein“, erklärte Nora.

„Soll ich dich am Heiligabend zum Gottesdienst abholen?“, fragte Rick plötzlich.

„Das brauchst du nicht. Ich kann selbst fahren.“

Rick schien ihre Antwort zu akzeptieren, doch dann blieb er in der Tür noch einmal stehen. „Nein“, sagte er und drehte sich zu ihr um. „Ich möchte dich gern abholen.“ Er hob die Hand und strich sanft über ihre Wange. Nora trat instinktiv einen Schritt näher und sah Rick in die Augen. Er beugte sich zu ihr und seine Lippen berührten behutsam ihre Stirn. Dann war er verschwunden. Doch bevor er in den Van stieg, rief er über die Schulter zurück: „Ich komme gegen fünf“, ließ den Motor an und brauste davon.

Nora blieb reglos stehen. Sie spürte noch die Berührung seiner Lippen auf ihrer Stirn. *Versuche gar nicht erst, seinen Kuss zu analysieren*, ermahnte sie sich. Ein fröhliches Lachen stieg in ihr hoch, als sie die Tür schloss.

Kapitel 8

Den Rest des Abends verbrachte Nora damit, die Geschenke einzupacken. Am Morgen fiel ihr ein, dass ihr noch drei wichtige Geschenke fehlten. Im Einkaufszentrum durchstreifte sie die Geschäfte und erstand genau die richtige Puppe für Merrie, ein Brettspiel für Josh und ein Flanellhemd für Tom.

In der Kosmetikabteilung des Kaufhauses blieb Nora aus einem Impuls heraus stehen und testete einige Rasierwasser. Eines erinnerte sie mit seinem angenehmen Duft nach Tannennadeln an Rick. Sie sah ihn förmlich vor sich, wie er an jenem Tag mit dem Weihnachtsbaum kämpfte.

Dann entdeckte sie einen geschnitzten Tannenbaum aus naturbelassenem Holz in der Auslage. Nora fragte die Verkäuferin, ob sie einen dieser kleinen Deko-Tannenbäume kaufen könne. Die Dame war damit einverstanden, da die Dekoration sowieso unmittelbar nach Weihnachten ausgetauscht würde. Nora steckte das Rasierwasser und den vier Zentimeter hohen Weihnachtsbaum in ihre Tasche.

* * *

Nachdem sie am Nachmittag ihre liegen gebliebene Arbeit im Büro aufgearbeitet hatte, eilte sie mit zwei großen Paketen für ihre Brüder zur Post.

„Die kommen aber nicht mehr rechtzeitig zu Weihnachten an“, bemerkte der Postbeamte unfreundlich.

„Das ist mir klar“, erwiderte Nora. Das Verhalten des Postbeamten ärgerte sie. „Ich bin selbst schuld, weil ich sie nicht rechtzeitig auf den Weg gebracht habe.“

Aber als der Mann ihr die Paketgebühren nannte, musste Nora feststellen, dass sie nicht genug Geld dabei hatte. „Mit so viel hatte ich gar nicht gerechnet“, sagte Nora erstaunt.

„Die Pakete sind schwer", verteidigte sich der Postbeamte.

„Dann schicke ich nur dieses eine an Gary und Michelle Daniels ab", beschloss Nora. „Mit dem Geld für das andere muss ich dann eben noch mal wiederkommen."

„Wir schließen in zwanzig Minuten", erklärte ihr der Postbeamte.

„Na gut, dann schicke ich es halt später ab", sagte Nora und nahm das Paket für ihren ältesten Bruder John wieder von der Theke. Bevor sie ging, drehte sie sich noch einmal zum Schalter um. „Ich wünsche Ihnen ein fröhliches Weihnachtsfest", sagte sie lächelnd zu dem Postbeamten.

Rick traf um kurz nach fünf ein, um Nora zum Gottesdienst abzuholen. Schnell legte sie noch etwas Lippenstift auf und suchte ihre schwarze Tasche, die zu ihrem burgunderfarbenen Kleid passte.

„Du siehst toll aus", sagte Rick, als sie ihm die Tür öffnete. Er legte ihre Hand auf seinen Arm und führte sie zu seinem Truck. Nora drückte ein kleines grünes Päckchen eng an ihre Seite und versteckte es schnell unter dem Sitz, als Rick ihr beim Einsteigen half.

Obwohl sie fast eine Stunde zu früh waren, hatte sich der Parkplatz der Kirche bereits gut gefüllt. Rick parkte den Wagen am Hintereingang des Gemeindehauses.

„Würdest du mein Jackett nehmen?", fragte Rick. In den Armen hielt er einige Liederbücher und ein großes Päckchen, das ziemlich unordentlich in Geschenkpapier verpackt war.

„Dieses Mal hat man mich dazu verdonnert, das Geschenk für den Chorleiter einzupacken. Irgendwie ist es mir nicht so ganz gelungen", erklärte Rick. Er warf ihr ein strahlendes Lächeln zu.

„Hast du denn keine Schleife dafür?", fragte Nora.

„Ach, Mist, die habe ich glatt vergessen", stöhnte Rick und starrte das schmucklose Päckchen an.

Nora griff unter ihren Sitz, zog eine glänzende grüne Schleife hervor und reichte sie ihm.

„Wo kommt die denn her?", fragte Rick.

Nora zuckte nur die Achseln. Ihre Augen funkelten schelmisch.

Im Flur hinter dem Gottesdienstraum drängten sich die Chormitglieder in ihren Gewändern und die Schauspieler in ihren Kostümen. Rick bahnte sich einen Weg zum Chorraum, wo er seine Last erst einmal ablegte. An Nora gewandt, sagte er: „Könntest du mein Jackett während des Gottesdienstes halten? Ich würde es nur ungern hier zurücklassen und ich brauche es gleich hinterher."

Kurz darauf suchte sich Nora einen Platz in der Mitte des Gottesdienstraums mit gutem Blick auf die Bühne. Ricks Blazer auf ihrem Schoß stellte eine enge Verbindung zu ihm dar. Es war schön, auf seine Sachen aufzupassen. Sanft strich sie mit der Hand über den Stoff. Sein männlicher Duft stieg ihr in die Nase.

Seufzend wandte sie ihre Aufmerksamkeit dem Weihnachtsspiel zu. Die Schauspieler in ihren Bademänteln und um den Kopf geschlungenen Handtüchern zauberten ein Lächeln auf die Gesichter der Zuschauer. Maria wurde von einem jungen Mädchen mit langen, schwarzen Haaren gespielt. Die Rolle des Joseph hatte ein großer Mann übernommen, in dem Nora ihren Sonntagsschulleiter zu erkennen glaubte – und den Bruder des Mädchens.

Nora sah zu, wie die beiden von einem Ende der Bühne zum anderen wanderten. Plötzlich durchzuckte sie der Gedanke, dass die Eltern des Jesuskindes obdachlose Reisende waren. Sie hatten in Bethlehem keine Freunde, bei denen sie unterkommen konnten, und es gab auch keine Hotelreservierung. Sie brauchten eine Unterkunft, in der ihr Sohn zur Welt kommen konnte, und sie brauchten auch danach einen Platz zum Wohnen, bis das Baby kräftig genug für die Heimreise wäre.

Sie wünschte, Tom Brooks und seine beiden Kinder hätten Ricks Einladung für den Gottesdienst am Heiligabend angenommen. Die Brooks hatten ihre gegenwärtige Situation nicht selbst verschuldet. Sie waren Opfer der schwierigen Umstände geworden, die geballt auf sie eingestürmt waren, sodass sie die Kontrolle über ihr Leben verloren hatten. Nora senkte den Kopf und sprach ein kurzes Gebet für sie und andere Menschen in einer ähnlichen Situation.

Sie dankte Gott, dass sie, auch wenn sie ihre Eltern und ihr Elternhaus verloren hatte, doch noch Familienangehörige, Freunde und genügend Geld besaß. Sie dankte ihm, dass er ihr Rick geschickt hatte, ihren besonderen Freund, dessen positive Einstellung ihr half zu erkennen, wie gesegnet sie war.

Der Gottesdienst war wunderschön. Nach dem Auftritt des Chores und nach dem Krippenspiel sang die Gemeinde aus vollem Herzen Weihnachtslieder. Am Ende des Gottesdienstes, nach einer Gebetszeit in einer nur von Kerzen erleuchteten Kirche, wusste Nora, dass Christus wirklich in ihrer Mitte gewesen war.

Sie wartete auf Rick an der Bühne, und schon bald tauchte er zusammen mit zwei Frauen aus der Menge der Gottesdienstbesucher vor ihr auf. „Der Chor hat heute Abend wunderschön gesungen", sagte Nora, als er sie erreichte. „Dir schien das Singen viel Freude gemacht zu haben."

„Ja, es war ein tolles Erlebnis", erwiderte Rick, während er ihr sein Jackett abnahm. „Nora, ich möchte dir gern meine Mutter Gail und meine kleine Schwester Tricia vorstellen."

Das Mädchen verdrehte die Augen. „Hey, ich bin schon im College, Rick. Eigentlich sollte dir klar sein, dass ich keine ‚kleine' Schwester mehr bin."

„Du wirst immer meine ‚Kleine' sein, Dimples." Rick drückte Tricias Schulter und sie warf ihm ein strahlendes Lächeln zu, bei dem sich ihre Grübchen zeigten, die ihr scheinbar ihren Spitznamen eingebracht hatten.

„Bitte entschuldigen Sie meine Kinder", sagte Gail Thompson und trat auf Nora zu. „Ich freue mich sehr, Sie kennenzulernen. Rick hat schon viel von Ihnen erzählt."

Nora blickte Rick verblüfft an. Schnell wandte er sich ab, doch Nora hatte die sanfte Röte, die sein Gesicht überzog, trotzdem bemerkt. Bisher hatte Rick noch nicht viel von seiner Familie erzählt, aber bei ihren Weihnachtseinkäufen hatte sie bemerkt, dass er viele Menschen zu bedenken hatte.

„Wir hoffen sehr, dass Sie uns heute Abend Gesellschaft leisten", sagte Gail.

Erneut blickte Nora zu Rick hinüber, aber er schien sich plötzlich intensiv für die weißen Weihnachtssterne zu interessieren.

„Wir werden gemütlich am Feuer sitzen und es gibt tonnenweise Essen", fuhr Gail fort. „Natürlich kommen Sie mit."

Nora lächelte hilflos. Wie könnte sie die Einladung ausschlagen? „Sicher … ich meine, danke."

Tricia fuhr die kurze Strecke zum Haus der Thompsons mit Rick und Nora. Nora saß schweigend in der Mitte, während Rick und Tricia aufgeregt über die Pläne für den Abend sprachen. Sie folgten dem vollbesetzten Kleinbus, dessen Insassen Nora auf der hell erleuchteten Hauseinfahrt kennenlernen würde.

Das bescheidene Haus der Thompsons war ein Bungalow. Als Rick den Damen die Tür aufhielt, drang ihnen ein kühler Luftschwall aus dem Inneren entgegen.

„Wie ich sehe, hat Dad die Nordpoltemperatur eingestellt“, bemerkte Rick so laut, dass alle es hören konnten. „Du solltest dieses Jahr besser ein großes Feuer anzünden, Dad.“

Nora stand noch im Eingang, als eine Frau auf Rick zulief und ihm einen Kuss auf beide Wangen drückte. „Du hast so toll ausgesehen im Chor“, schwärmte sie.

Rick löste sich sanft von ihr. „Ich habe dich in der Kirche gar nicht gesehen. Mom sagte, du würdest es nicht rechtzeitig schaffen.“

„Glaube es oder nicht, dieses Jahr sind wir tatsächlich pünktlich in Meridian losgefahren“, berichtete die Frau stolz. „In meinem Haus sieht es aus wie Kraut und Rüben, aber wir sind hier.“

Rick streckte die Hand nach Nora aus und zog sie an seine Seite. „Nora, ich möchte dir gern meine Schwester Diane vorstellen, meine ältere Schwester“, betonte er, „aus Mississippi.“

Diane zog fragend die Augenbrauen hoch, dann lächelte sie Nora herzlich an. „Schön, dass du mitkommen konntest.“

Danach wurden ihr noch Ricks Vater, seine Großmutter mütterlicherseits, Dianes vierköpfige Familie, Ricks jüngerer Bruder Brian, Brians Frau und ihr Baby vorgestellt. Die Schwestern grinsten sich vielsagend an. Ihre Blicke wanderten bedeutungsvoll von ihr zu Rick.

Alle bedienten sich an dem reichhaltigen Büffet, das Gail und ihre Töchter auf dem Tisch im Esszimmer aufgebaut hatten. Nora nahm auf der kleinen Couch in der Nähe des Kamins Platz, wo ein flackerndes Feuer seine Wärme in das elegante Wohnzimmer verströmte. Ricks Schwestern und seine Schwägerin gesellten sich zu ihr. Das Gespräch drehte sich in erster Linie um die Vorfreude der Kinder auf die Weihnachtsgeschenke.

Dianes Sohn nahm sich kaum Zeit zum Essen. Er hüpfte von einem Erwachsenen zum nächsten und fragte, wann denn endlich die Geschenke ausgepackt werden dürften.

„Hey, Schluss jetzt“, sagte Diane und setzte den kleinen Jungen neben sich in den Sessel. „Heute Abend darfst du ein einziges Geschenk auspacken. Den Rest gibt es erst morgen früh. Das weißt du doch."

Der Junge jammerte. Ricks Vater suchte einen Kompromiss und schlug vor, dass die Kinder zwei Geschenke auspacken dürften und die Erwachsenen nur eins.

„Du verwöhnst die Kinder, Dad", lachte Diane.

Nachdem Nora mitgeholfen hatte, das Geschirr in den Geschirrspüler zu stellen, setzte sie sich wieder auf ihren Platz auf der Couch. Rick ließ sich neben ihr nieder und sein Bruder Brian zwängte sich neben ihn. Dabei schob er Rick noch dichter an Nora heran, sodass sich ihre Schultern berührten.

Nora freute sich an dem Familienchaos und beobachtete, wie die Geschenke ausgetauscht wurden. Erstaunt nahm sie zur Kenntnis, dass jemand auch ihr ein kleines Geschenk auf den Schoß legte. Auf dem Aufkleber stand, dass es von Ricks Eltern war. Das brachte Nora in Verlegenheit. Vorsichtig packte sie ihr Geschenk aus. Es war ein Andachtsbuch für Frauen in einer wunderhübschen Geschenkpackung mit einem passenden Lesezeichen und einem goldenen Stift.

„Vielen Dank", sagte Nora, gerührt durch ihre Umsicht.

Rick ergriff ihre Hand und drückte sie sanft. Seine Berührung war warm und tröstlich. Nora bemerkte sehr wohl die amüsierten Blicke, die seine Schwestern sich zuwarfen. Langsam entzog sie ihm ihre Hand und griff nach ihrer heißen Schokolade. Sie konnte nur mühsam ihr Lächeln verbergen.

„Erinnerst du dich noch an das Weihnachtsfest, als ich zwölf war?", fragte Gail ihre Mutter. „Wir waren eingeschneit. Tagelang konnten wir das Haus nicht verlassen, und beinahe wären uns die wichtigsten Sachen ausgegangen – Milch, Brot, Petroleum, Toilettenpapier ..."

Grandma lachte und die Kinder fingen an, eine Unmenge von Fragen über den Schnee zu stellen.

„Ich bin immer gern durch den Schnee gestapft. Besonders schön war es, wenn die Schneeflocken so groß waren wie Golfbälle", erzählte Gail und zog eine ihrer Enkelinnen auf den Schoß.

Diane nickte zustimmend. „Ich liebte es, wenn nachts klirrender Frost war und morgens alles in der Sonne funkelte."

Die Familie schwelgte in Erinnerungen über Schneemänner, Schlittenfahrten, Schneeburgen, Eislaufen, Schneehöhlen, Skifahren und andere Winteraktivitäten. Solche Gespräche lösten normalerweise Heimweh in Nora aus, doch sie fühlte sich durch diese liebevolle Familie, die sie in ihr Heim aufgenommen hatte, zutiefst getröstet.

„Meine Mutter und ich …", begann Nora schüchtern, „haben gern am Fenster gesessen und die Vögel beobachtet, die unser Vogelhäuschen besuchten." Bei der Erinnerung musste Nora lächeln. „Meine Lieblingsvögel waren die Rotkardinäle. Ihre Farbe hob sich so gut vom Schnee ab."

Grandma erzählte, wie sie früher auf ihrer kleinen Farm in Ohio während der Wintermonate die Tiere versorgt hatten. Ganz natürlich lehnte sich Nora beim Zuhören an Rick an. Schon bald legte er seinen Arm um ihre Schultern und zog sie noch dichter an sich heran.

Gern hätte Nora Rick angesehen, aber das wagte sie nicht. Sie traute sich auch nicht, seine Schwestern anzusehen. Nicht dass ihre Blicke etwas geändert hätten. Es gab keinen Ort auf dieser Welt, an dem Nora im Augenblick lieber gewesen wäre.

Die Feier ging zu Ende, die Kinder wurden zu Bett gebracht und Rick bot Nora an, sie nach Hause zu bringen. Diane und Tricia folgten ihnen zur Tür.

„Dann werden wir dich jetzt wohl häufiger sehen", meinte Tricia zu Nora.

Brian und sein Schwager lachten, aber ein finsterer Blick von Rick brachte sie sofort zum Schweigen.

Nora runzelte verwirrt die Stirn. „Ich … das wäre schön."

Die Schwestern umarmten sie, und Gail bestand darauf, dass sie einen Teller mit Leckerbissen mit nach Hause nahm.

Kapitel 9

„Entschuldige bitte, dass meine Familie sich heute Abend so unmöglich benommen hat“, sagte Rick, während er mit Nora vor ihrer Tür stand und darauf wartete, dass sie aufschloss.

„Was meinst du?“

Es war schon spät, aber Nora ging in die Küche, um Kaffee zu kochen.

„Nun, ich … ich habe bisher noch nie eine Frau mit nach Hause gebracht“, stotterte Rick, als er sich an ihrem Küchentisch niederließ. Nora hatte ihm den Rücken zugewandt und füllte Kaffee in die Kaffeemaschine.

„Weißt du, ich gehe nicht oft mit einer Frau aus“, offenbarte ihr Rick, „eigentlich eher gar nicht.“

Nora merkte, dass ihm dieses Thema nicht so recht behagte. Sie versuchte zu verstehen, warum er dennoch dabei blieb.

„Vor etwa einem Jahr war ich für drei Monate mit einem Mädchen befreundet.“

Nora setzte sich zu ihm an den Tisch. Er strich mit der Hand durch seine Haare und fuhr fort. „Ich dachte, sie besäße viele der Eigenschaften, die ich mir für eine Frau wünsche, aber irgendetwas störte mich. Wann immer ich versuchte, mit ihr über geistliche Dinge zu reden, wechselte sie das Thema. Da wir über die Dinge, die mir wichtig waren, nicht reden konnten, haben wir uns immer weiter voneinander entfernt.“ Endlich blickte Rick Nora an. „Ich habe sie nie zu Hause vorgestellt. Ich habe mir vorgenommen, ein Mädchen nur dann mit nach Hause zu nehmen, wenn ich fest davon überzeugt bin, dass sie die Eine sein könnte, mit der ich den Rest meines Lebens verbringen will.“

Noras Augen waren jetzt so groß wie Teller. Ihr fehlten die Worte. *Er meint doch nicht etwa …*

Rick senkte den Blick wieder auf das Tischtuch und lachte. „Einige aus meiner Familie kennen meinen Standpunkt zu diesem Thema und sie haben mir deswegen oft vorgeworfen, ich sei ein Langweiler."

Nora hatte Mühe, seine Worte zu verstehen. Das Herz klopfte ihr bis zum Hals und ihre Kehle war wie zugeschnürt. Sie fuhr sich mit der Zunge über die Lippen und blickte Rick an.

Er erwiderte ihren Blick. „Nora", sagte er sehr leise, „ich würde dich sehr gern besser kennenlernen, außerhalb der Arbeit."

Nora dachte an die vielen Gelegenheiten, die sie bereits gemeinsam erlebt hatten: ihr erstes Abendessen, das Schmücken des Weihnachtsbaums, die Weihnachtsfeier der Jugend, Mittagessen, Weihnachtseinkäufe, der Unfall und der heutige Abend. Sie hatten sich in der kurzen Zeit schon ganz besondere Erinnerungen geschaffen, Erinnerungen, die sie gegen nichts auf der Welt eintauschen wollte. „Ja ...", krächzte sie. Ihre Stimme wollte ihr nicht richtig gehorchen.

Langsam streckte er die Hand aus und ergriff ihre. Ein Lächeln erhellte sein Gesicht und der ängstliche Ausdruck war aus seinen blauen Augen verschwunden.

Sie blieben am Tisch sitzen, vor sich ihre Becher mit kaltem Kaffee, und unterhielten sich leise unter dem Eindruck ihrer neu entdeckten Gefühle füreinander. Nora fragte Rick, wann er Christ geworden sei. Rick bat sie, von ihrer Familie zu erzählen. Sie sprachen über ihre Träume und Ziele im Leben.

Es war schon nach zwei Uhr morgens, als Rick sich vom Tisch erhob. Erneut nahm er ihre Hand und Nora begleitete ihn zur Tür.

Rick wandte sich zu ihr um. „Es ist seltsam. Von dem Augenblick an, als ich dich zum ‚Projekt' erkor", neckte er sie, „hatte ich das Gefühl, dass ich mein Herz verlieren könnte."

Nora senkte den Blick und ihre Wangen röteten sich vor Freude. Rick strich zärtlich über ihr Kinn und schließlich fanden sich ihre Lippen in einem Hunger, den Nora noch nie erlebt hatte. Als er sich von ihr löste, wünschte sich Nora, dieser Augenblick würde nie zu Ende gehen.

„Gute Nacht, meine süße Nora. Fröhliche Weihnachten."

Nora fand keinen Schlaf. Hellwach lag sie in ihrem Bett, während der Weihnachtsmorgen sonnig und warm anbrach. Sie schob das Fenster hoch und lauschte auf den Ruf der unzähligen Vögel, die sich am Seeufer niedergelassen hatten.

Sie rief sich dieses Gefühl der Sicherheit, das sie in Ricks Arm verspürt hatte, wieder in Erinnerung, die Wärme seiner Hand, die ihre Hand hielt, und den Geschmack seiner Lippen auf ihren. Seine Worte klangen in ihr nach: „Ich habe mir vorgenommen, ein Mädchen nur dann mit nach Hause zu nehmen, wenn ich fest davon überzeugt bin, dass sie die Frau sein könnte, mit der ich den Rest meines Lebens verbringen will."

Noch vor wenigen Wochen war Rick ein Arbeitskollege, der zufällig zu ihrer Kirche gehörte. Sie hatte sich über seine Hilfe bei ihrem Artikel gefreut. Dass er sie als Wohltätigkeitsprojekt betrachtete, hatte sie verletzt. Im einen Augenblick war er ihr zu gut erschienen, um real zu sein, und im nächsten dachte sie schon über einige seiner Macken nach, die sie störten. *Er ist definitiv unordentlich, wenn man seinen Wagen anschaut, aber bestimmt brauche ich keine Angst zu haben, dass er faul werden könnte. Kleine Kinder machen ihn nervös. Wie wird er mit eigenen Kindern umgehen?* Sie rollte sich auf den Bauch. *Aber in ihm lebt der starke Wunsch, Gott zu folgen. Ist das nicht das Wichtigste überhaupt?*

Nora schüttelte den Kopf, um ihre Gedanken klar zu bekommen, rollte sich auf die Seite und schwang die Beine über die Bettkante. *Wie wäre es wohl, mein Leben mit einem solchen Mann zu verbringen?*, fragte sie sich. Rick ließ sich keine Gelegenheit entgehen, sich für eine Sache einzusetzen, die es wert war. *Ob er sich wohl in einen Burn-out arbeitete? Und er möchte in den vollzeitlichen Dienst gehen!* Nora fühlte sich zu diesem Dienst nicht berufen.

Sie musste an etwas denken, das sie einmal gehört hatte. Alle Menschen seien zu einer Art Dienst gerufen. Einige in den vollzeitlichen Dienst, während andere ihren Dienst im Alltag täten, ob nun in den Freundschaften, die sie schließen, den Kindern, die sie großziehen, oder den Worten, die sie anderen sagen.

Wer hatte das nur gesagt? Nora versuchte sich zu erinnern. *Ich glaube, es war unser Pastor von früher. An diese Predigt habe ich schon jahrelang nicht mehr gedacht.*

Vielleicht fühlte sie sich nicht zum Dienst im traditionellen Sinn berufen, aber sie sollte sich besser darüber klar werden, ob sie bereit war, Rick zu folgen, wohin Gott ihn rief. Er wäre jederzeit abrufbereit und sie müsste seine Berufung respektieren und bereit sein, ihn mit anderen Menschen, die Gott liebten, zu teilen.

Nora schaltete ihre Stereoanlage an und legte eine fröhliche Weihnachts-CD ein, die ihre melancholische Stimmung vertreiben sollte. Sie musste sich beeilen, wenn sie pünktlich zur Weihnachtsfeier im Second Hope Shelter sein wollte.

Sie war bereits angekleidet und aß gerade ein Stück von dem Kuchen, den Carmen ihr dagelassen hatte, als zwei Kleinbusse in ihre Einfahrt bogen. Rick stieg aus dem ersten Van aus und sprang die Stufen zu ihrer Tür hoch.

„Ich hatte gar nicht damit gerechnet, dich heute zu sehen", sagte Nora, als sie ihm die Tür öffnete. Als sie an seinen Kuss und seine Berührung vom vergangenen Abend dachte, war sie plötzlich unsicher.

Hinter seinem Rücken zog Rick einen kleinen Blumenstrauß hervor. Rote Rosen. „Fröhliche Weihnachten!"

Nora strahlte. „Das wäre wirklich nicht nötig gewesen!" Sie hob die Rosen an ihre Nase und atmete tief ihren süßen Duft ein.

Rick deutete mit dem Kopf zu den Autos. „Ich habe ein paar von meiner Familie mitgebracht."

Nora entdeckte Diane, die sich aus dem Fenster des zweiten Autos beugte, und erwiderte ihr begeistertes Winken.

„Sie werden uns helfen, die Feier im Obdachlosenheim aufzumischen", lachte Rick. „Vielleicht könnten wir bei der Good Shepherd Mission vorbeifahren und die Brooks mitnehmen."

„Das wäre wundervoll. Ich habe Geschenke für sie gekauft."

„Da wir gerade von Geschenken sprechen, ich habe heute Morgen dieses kleine Päckchen in meinem Wagen gefunden. Gehört das dir?"

Er hielt das kleine, in grünes Geschenkpapier eingepackte Päckchen in der Hand, das sie gestern Abend mitgenommen hatte. „Oh, ich … das wollte ich dir schenken." Sie war immer noch nicht sicher, ob ihr Geschenk angemessen war, aber als Rick das Papier mit der Begeisterung eines Kindes aufriss, konnte sie es nicht mehr zurücknehmen.

„Woher wusstest du, welches Rasierwasser ich nehme?", fragte Rick und hielt die kleine Flasche in die Höhe. „Das ist ja mein Lieblingsduft. Danke." Er beugte sich zu ihr und gab ihr einen schnellen Kuss auf die Wange. Dann griff er in die Schachtel und holte den Tannenbaum aus Holz hervor. Fragend blickte er sie an.

„Ich wollte dir noch mal für meinen Weihnachtsbaum danken", erklärte Nora achselzuckend. „Ich dachte, der hält länger als der andere."

„Das ist toll", freute sich Rick. Er blickte sie lange an, als suche er nach etwas. „Wir müssen los", sagte er schließlich leise und steckte seine Geschenke ein. „Danke."

Nora überspielte ihre aufgewühlten Gefühle, indem sie die Rosen ins Wasser stellte und schließlich ihre Handtasche und die drei hübsch verpackten Päckchen holte. Sie hätte ihn gern noch mal geküsst ... aber nicht in der Tür, unter den Blicken seiner Familie. Natürlich hätte sie gern gewusst, ob es ihm genauso ging wie ihr. Ihr Herz klopfte zum Zerspringen und in ihrem Kopf wirbelten tausend Gedanken durcheinander.

Sie war dankbar, dass sie allein im Auto seiner Eltern fuhren, aber sie wusste einfach nichts zu sagen. Schweigend beobachtete sie ihn auf dem Weg quer durch die Stadt.

Die Brooks schauten sich gerade einen Weihnachtsfilm im Fernsehen an, als Rick und Nora eintrafen. Die Kinder freuten sich über ihre Geschenke. Tom war höflich, doch Nora spürte, dass es ihm offensichtlich peinlich war. Aufgeregt und voller Vorfreude auf das Fest stiegen alle in den Wagen.

Nora saß in der Ecke des großen Speisesaals im Second Hope Shelter, ihren aufgeklappten Notizblock auf dem Schoß. Sie machte sich ein paar Notizen über die für den Weihnachtstag geplanten Aktivitäten im Heim. Später würde sie noch in der Redaktion vorbeischauen und ihren Artikel vor Redaktionsschluss um fünf Uhr fertigstellen. Von Ricks Fotos hatte sie bereits drei ausgewählt, die sie als Vorschlag einreichen würde.

Entspannt ließ Nora ihren Blick durch den gut gefüllten Raum schweifen. Mit dabei waren viele, die die Dienste der Unterkunft nicht benötigten, die aber ihre Zeit und ihr Geld darauf verwendeten, den vom Leben weniger Begünstigten ein schönes Weihnachtsfest zu bereiten.

Der Weihnachtsmann hatte die Geschenke verteilt und verspeiste jetzt das üppige Weihnachtsessen mit vielen Beilagen. Nach der Größe und Gestalt und dem weiß gepuderten Bart zu urteilen, vermutete Nora, dass Big Jim den Weihnachtsmann spielte.

Nora bemerkte, dass Merrie sich von dem Tisch, an dem ihre Familie mit den Thompsons beim Essen saß, entfernt hatte. Sie hielt ein Spiel in der Hand, das sie vom Weihnachtsmann bekommen hatte. Langsam ging sie auf den großen Mann im roten Anzug zu.

Merrie zupfte am Ärmel des Weihnachtsmannes.

„Ho, ho, ho, was kann ich für dich tun, meine Liebe?"

Nora konnte Merries leise Stimme kaum verstehen. „Ich würde mein Spiel gern zurückgeben, wenn du meinem Daddy helfen könntest, einen Job zu finden."

„Ho, ho –" Die Stimme des Weihnachtsmannes brach vor Rührung. Er zog das kleine Mädchen auf sein Knie und schob das angebotene Spiel zur Seite. „Zufällig weiß ich, dass die Menschen an diesem wundervollen Ort deinem Daddy helfen wollen, Arbeit zu finden, damit ihr wieder ein gemütliches Zuhause bekommt. Aber du und ich, wir müssen für deinen Daddy beten, weil Gott weiß, was jeder am meisten braucht. Er weiß es viel besser als jeder alte Weihnachtsmann." Er drückte Merrie an sich und senkte den Kopf, um leise mit ihr zu beten.

Eine Träne tropfte auf Noras Notizblock und schnell fuhr sie sich über die Augen. Wenn sie nur ein Foto von dieser wunderschönen Szene hätte! Schnell machte sie sich ein paar Notizen. Jetzt konnte sie es kaum noch erwarten, in die Redaktion zu kommen und ihren Artikel fertigzustellen.

Nachdem Nora in der *Tribune* ihren Artikel noch überarbeitet und fertiggestellt hatte, fuhr sie mit Rick zu seinen Eltern. Dort wurde bis spät in den Abend hinein gespielt. Als sie nach Hause kam, rief sie ihre beiden Brüder an und fiel dann erschöpft vom vielen Feiern ins Bett.

Ein lautes Klopfen an der Tür scheuchte sie am späten Vormittag aus dem Bad. In der Erwartung, Rick zu sehen, riss sie die Tür auf – allerdings traf sie eine Konfettikanone. Die kleinen weißen Papierschnitzel legten sich auf ihre Haare, fingen sich im Kragen ihres Pullovers und sammelten sich auf ihren nackten Füßen.

Rick und Tricia standen auf Noras Veranda und krümmten sich vor Lachen. „Du hast gesagt, dass du dir Schnee zu Weihnachten wünschst", erklärte er lachend.

„Es ist etwas spät, aber …" Nora klopfte sich das Konfetti von den Kleidern. „Das war eigentlich nicht das, was ich im Sinn hatte, aber trotzdem vielen Dank."

„Hast du die Zeitung schon gelesen?", fragte Rick. „Die Titelseite ist der absolute Renner."

„Und die Fotos sind preisverdächtig", fügte Tricia hinzu.

Ein Strahlen ging über Noras Gesicht. Suchend glitt ihr Blick über die Veranda. Als sie ihre Zeitung nicht finden konnte, blickte sie Rick an. Sein Gesichtsausdruck sagte ihr, dass er etwas verbarg.

„Hast du meine Zeitung?", fragte sie und streckte die Hand aus.

„Würde ich dich daran hindern, deinen Artikel zu lesen?", fragte er mit übertriebener Verblüffung.

„Natürlich", lachte Tricia.

Rick reichte Nora einen Teil der Zeitung. Sie überflog den Sportteil und blickte ihn frustriert an.

„Den Rest, bitte … bitte", bettelte sie.

„Na gut. Warum diese ganze Aufregung? Man sollte meinen, eine große Reporterin wie du ist daran gewöhnt, ihren Namen auf der Titelseite zu lesen."

Nora entriss ihm die Zeitung und überflog schnell ihren Artikel, der einen großen Teil der Titelseite der *Tribune* einnahm. Eines von Ricks Fotos von den ehrenamtlichen Helfern zog in der Tat die Aufmerksamkeit auf sich. Der Artikel wurde auf der dritten Seite fortgesetzt, wo auch die anderen beiden Fotos noch abgedruckt waren.

„Sie haben alle Fotos verwendet, die ich eingereicht habe", staunte Nora.

„Du hast mich gut vertreten", dankte Rick ihr. „Aber von dem kleinen Mädchen, das mit dem Weihnachtsmann gebetet hat, hast du mir nichts erzählt."

„Ja", meldete sich Tricia zu Wort, „das war das Beste."

Nora lächelte. „Es war Merrie Brooks. Etwas Schöneres habe ich nie gesehen."

Sie bat die Geschwister ins Haus. Während sie ihnen ein Glas Orangensaft eingoss, erzählte sie, wie sie bei der Weihnachtsfeier im Second

Hope Shelter mitbekommen hatte, dass Merrie den Weihnachtsmann um einen Job für ihren Vater bat.

„Es ist schön, wenn man in der Lage ist, Geld und Zeit zu opfern, aber es gibt etwas, das jeder tun kann", bemerkte Rick. „Das ist beten."

„Und das Gebet wird am meisten gebraucht", seufzte Nora und vertiefte sich erneut in ihren Artikel.

Kapitel 10

Der letzte Tag des Jahres war verhangen und ein kalter, feuchter Wind schlug Nora entgegen, als sie mit ihren Einkäufen von ihrem Auto ins Haus rannte. Rick und sie hatten noch keine Pläne gemacht, aber sie ging davon aus, dass sie den Abend gemeinsam verbringen würden.

In der vergangenen Woche waren sie jeden Tag zusammen gewesen und Nora freute sich auf jede Minute ihres Zusammenseins. Ihre Liebe zu Rick wurde von Tag zu Tag größer. Sie konnte nicht sagen, wann es angefangen hatte – vielleicht bei der Jugend-Weihnachtsfeier –, aber mittlerweile war ihr klar geworden, dass Rick durchaus der Mann sein könnte, mit dem sie den Rest ihres Lebens verbringen wollte, so es denn Gottes Willen für sie entsprach.

„Hast du zufällig noch Milch mitgebracht?“, fragte Carmen sie, als sie die Tür hinter sich ins Schloss drückte.

„Nein, ich habe nachgesehen. Wir haben noch ein paar Liter. Die müssten für die Tage reichen“, erwiderte Nora.

„Äh, ich bringe später noch welche von unterwegs mit.“ Carmen wirkte irgendwie zerstreut.

„Wie du meinst. Ich wollte noch ein paar Snacks für heute Abend vorbereiten.“

„Oh, gut. Mach eine große Ladung“, sagte Carmen.

„Carmen, erwartest du zufällig Besuch?“

Ihre Mitbewohnerin murmelte etwas Unverständliches vor sich hin und verließ schnell den Raum. Nora wusste nicht, was sie davon halten sollte. Carmen gab sich so geheimnisvoll, aber vermutlich wollte sie über ihre Pläne einfach nicht sprechen. Sie wünschte, Rick würde sich endlich melden.

Als sie auf dem Weg zu ihrem Zimmer an Carmens Zimmer vorbeikam, war diese gerade dabei, ihr Bett frisch zu beziehen.

„Vielleicht willst du deine Bettwäsche zusammen mit meiner in die

Waschmaschine geben", rief Carmen ihr zu. Chris war mit dem Staubsauger zugange.

„Ja, sicher", erwiderte Nora. „Wann hast du denn den heutigen Tag zum Putztag erhoben?" Verständnislos schüttelte sie den Kopf. Carmen war eigentlich meistens nur zu gern bereit, den Hausputz aufzuschieben.

„Ach nun, weißt du, manche Menschen haben die Tradition, jedes neue Jahr mit einem sauberen und gut organisierten Haushalt zu beginnen." Carmen zuckte die Achseln und lächelte Nora an. „Ich dachte, ich könnte es ja mal probieren."

„Ich kann dir gern helfen."

„Nein, nein, du wolltest doch die Snacks zubereiten."

Nora hegte allerdings die leise Hoffnung, dass Rick vorschlagen würde, an diesem Abend auszugehen.

Als er gegen vier Uhr anrief, teilte er ihr mit, er hätte für sieben Uhr einen Tisch in einem beliebten Restaurant in Orlando reserviert. Sie hätte verstimmt sein können, weil er seine Einladung erst auf die letzte Minute aussprach, aber sie beschloss, sich lieber auf den schönen Abend zu freuen. Orlando lag etwa eine Stunde entfernt, darum beeilte sich Nora, die Küche aufzuräumen und zu überlegen, was sie anziehen sollte.

Sie entschied sich für ein hübsches eisblaues Kleid, das in der hintersten Ecke ihres Schrankes hing und perfekt zur Farbe ihrer Augen passte. Als sie das Bügelbrett aufstellte, kam Carmen in ihr Zimmer geeilt.

„Wo willst du denn hin?", fragte Carmen keuchend.

„Rick und ich fahren zum Essen nach Orlando."

„Das hast du mir ja gar nicht erzählt."

„Er hat gerade erst angerufen."

„Aber … aber …" Carmen blickte sich hektisch im Zimmer um. „Wie viel Uhr ist es?"

„Kurz vor halb fünf. Warum? Was ist denn los?"

„Oh-oh-oh –", stammelte Carmen und stürmte aus dem Zimmer.

Das Bügeleisen war heiß und Nora machte sich daran, ihr Kleid aufzubügeln. Dies wäre ihr erstes „romantisches" Zusammensein mit Rick und sie war sehr aufgeregt. Auch wenn sich Carmen schon den ganzen Nachmittag auffällig seltsam verhielt, sie wollte sich den Abend nicht verderben lassen. Wenn es um etwas Wichtiges ging, würde Carmen es ihr schon irgendwann erzählen.

Chris tauchte in ihrem Türrahmen auf. „Du gehst aus, wie ich sehe."

„Ja, Rick holt mich zum Abendessen ab."

„Um wie viel Uhr?"

„Gegen sechs."

„Oh …" Chris lehnte sich lässig gegen den Türrahmen. „Ach, übrigens, wie heißt Rick eigentlich mit Nachnamen?"

„Thompson. Warum?" Als Nora von ihrem Bügelbrett aufblickte, war Chris bereits verschwunden. Sie trat hinaus in den Flur. Aus der Küche drangen Stimmen zu ihr herüber, aber sie beschloss, ihre Aufgabe zu Ende zu bringen.

Nachdem sie geduscht, sich frisiert und angekleidet hatte, war Nora bereit für den Abend. Natürlich hatte sie sich viel Mühe mit ihrem Make-up gegeben. Schließlich wollte sie hübsch aussehen. Das neue Jahr schien große Ereignisse bereitzuhalten. Dieser Abend sollte ein ganz besonderer werden.

Im Haus war es sehr still, als Nora sich ankleidete. Während sie durch die Zimmer streifte, staunte sie darüber, wie Carmen es in der kurzen Zeit geschafft hatte, das Haus auf Vordermann zu bringen. Alles blitzte und blinkte. Da sie im Wohnzimmer niemand antraf, ging sie weiter in die Küche.

Kekse lagen in ordentlichen Reihen zum Abkühlen auf der Arbeitsplatte und der „Langsamkocher" war neben dem Herd eingestöpselt. Nora hob den Deckel und roch an den süß-sauren Fleischbällchen, die darin kochten.

Durch das Küchenfenster hatte sie die Einfahrt im Blick. Rick war noch nicht da, aber Carmen und Chris spielten mit einem Baseball im Garten. Nora beschloss, in der Küche auf Rick zu warten. Vom Tisch aus hatte sie die Straße gut im Blick.

Eine einsame Straßenlaterne beleuchtete die Straße. Sie stand an der Stelle, wo der Orangenhain an ihren Garten angrenzte. Es wurde langsam dunkel. Die Außenleuchte schaltete sich ein.

In diesem Augenblick kam ein Fahrzeug angefahren und bog in ihre Einfahrt ein. Nora erhob sich vom Tisch. Das war bestimmt Rick. Aber es war nicht sein Wagen. Sie kannte den großen Van nicht. Chris sprang offensichtlich aufgeregt von der Veranda herunter. Ein Mann stieg aus dem Wagen aus und sprach kurz mit Chris, unmittelbar darauf stiegen noch eine Frau und vier Kinder aus dem Wagen. Im Licht der Außenlaterne konnte Nora den Mann mit den blonden Locken jetzt erkennen. Sie stürmte durch das Wohnzimmer und hinaus auf die Veranda, wo Carmen die Gäste begrüßte.

„Hey, Schwesterchen, für mich hättest du dich doch nicht so schick zu machen brauchen!“, rief der Mann, während Nora in seine ausgestreckten Arme stürzte.

„John … du hast mir ja gar nicht gesagt … dass ihr ... nach Florida kommt“, stammelte Nora. Er drückte sie an seine breite Brust.

„Überraschung!“, rief seine Familie und drängte sich um sie.

„Du glaubst ja gar nicht, wie schwer es ist, ein Geheimnis zu bewahren“, erklärte Chris. „Beinahe wäre sie zu ihrer Verabredung gefahren und …“, schnatterte Chris weiter. Aber John wandte sich an Nora.

„Eine Verabredung! Meine kleine Schwester ist noch nicht alt genug, um mit Männern auszugehen.“

Nora boxte ihn spielerisch in die Rippen. „Kommt ins Haus, bevor die ganze Nachbarschaft euch hört.“

Nachdem die lärmende Gruppe im Wohnzimmer versammelt war, staunte Nora darüber, wie groß ihr Neffe und ihre drei Nichten geworden waren. Das älteste Mädchen reichte Nora jetzt bis an die Schulter.

„Wir sind am Montagmorgen von Ohio losgefahren. Leider konnte mein Boss am Wochenende nicht auf seinen besten Vorarbeiter verzichten“, erklärte John. „Gestern Abend haben wir in South Carolina übernachtet, aber von hier bis Jacksonville dauert es eine Ewigkeit. Und die Kinder waren enttäuscht, dass du nicht am Meer lebst.“

„Hey, das ist ein Farmland“, lachte Nora. „Die Strände liegen ungefähr zwei Stunden von hier in östliche und westliche Richtung entfernt, trotzdem gibt es hier überall Sand.“

Die Zeit verging so schnell, dass Nora Rick ganz vergessen hatte, bis es an der Tür klopfte. Sie kämpfte sich zur Tür durch, um ihn einzulassen. Er stand im eleganten Anzug mit Fliege unter der Verandaleuchte.

„Oh, es tut mir so leid“, sagte Nora und übersah dabei völlig, dass er es ja war, der sich verspätet hatte. „Du hast Besuch“, sagte er leise.

„Oh ja, du musst unbedingt –“ Erst jetzt ging ihr auf, dass es keinen romantischen Silvesterabend geben würde. Rick wusste das.

„Chris hat mich angerufen und mir von der Überraschung erzählt“, erklärte Rick. „Ich habe ihm gesagt, ich würde unsere Abfahrt hinauszögern.“

„Danke", erwiderte Nora doppeldeutig. Sie nahm seine Hand und führte ihn ins Wohnzimmer, um ihn vorzustellen. John behielt seine spöttischen Bemerkungen für sich und sie seufzte erleichtert auf. Er schien Rick zu mögen.

Nora war froh über die Unmengen an Essen, die Carmen vorbereitet hatte. Sie lobte Carmens Bemühungen beim Hausputz und dass sie sich so viel Mühe bei der Vorbereitung des Essens gegeben hatte. Ihr fiel ein, dass sie die Weihnachtsgeschenke für Johns Familie immer noch nicht zur Post gebracht hatte. Darüber war sie jetzt froh. Auch Johns Familie hatte Geschenke für Nora mitgebracht und so feierten sie noch einmal Weihnachten.

John hatte ein besonderes Geschenk für Nora. „Das hier hatte Tante Midge von Mom ausgeborgt, kurz vor ... du weißt schon. Es war das Lieblingserbstück, das Mom von Urgroßmutter Mercer bekommen hatte", erklärte John, als er Nora ein eingepacktes Päckchen reichte.

Aufgeregt riss Nora das Papier auf. In der Schachtel lag eine zarte, handgeblasene und handbemalte Vase. „Oh, ich erinnere mich daran. Sie stand auf Moms Porzellanschrank. Sie sagte, sie sei sehr alt und vermutlich sehr wertvoll." Nora freute sich, diese Erinnerung an ihre Mutter zu haben. Es war das schönste Geschenk, das sie je bekommen hatte.

„Ich dachte, du hättest sie vielleicht gern", sagte John, und nachdem er so lange so ernst gewesen war, erzählte er einen Witz, während er sich noch einmal den Teller mit Carmens Essen füllte.

Es war neun Uhr, als es ruhiger wurde und die Aufregung nachließ. Nora hatte sich nicht die Zeit genommen, sich umzuziehen, aber ihre Pumps hatte sie schon lange in die Ecke geworfen.

Sie ging in die Küche, um Kaffee aufzusetzen. Rick folgte ihr.

„Ein ziemlich verrückter Abend", sagte er und lehnte sich an die Arbeitsplatte.

„Er verläuft etwas anders, als wir es uns vorgestellt hatten", erwiderte sie. Sie wollte ihm nicht zeigen, wie sehr sie sich auf den romantischen Abend mit ihm allein gefreut hatte. „Wann hat Chris dir von der Überraschung erzählt?"

„Ich weiß nicht so genau, aber ich glaube, es war kurz nach meinem Telefonat mit dir."

„Jetzt begreife ich – er wollte deinen Nachnamen wissen, damit er deine Nummer aus dem Telefonbuch heraussuchen konnte."

Rick trat näher an Nora und die brodelnde Kaffeemaschine heran. „Denkst du, wir könnten uns mal kurz in den Garten stehlen?"

„Ich glaube schon", erwiderte sie. Seine Nähe tat ihr gut. Sein Atem strich warm über ihre Wange, doch sie entfernte sich schnell aus seiner Reichweite. „Ich muss meine Schuhe holen."

Als sie sich für ihr Rendezvous zurück in die Küche schlich, bemerkte sie eine Decke in Ricks Hand. Leise zogen sie die Tür hinter sich ins Schloss. Im dunklen Garten breitete Rick die Decke auf der Bank aus und sie ließen sich darauf nieder. Er legte den Arm um ihre Schultern und zog sie an sich. Der Wind hatte nachgelassen, aber die Nachtluft war kühl und feucht.

„Ich habe heute erfahren, dass Tom Brooks einen Job angeboten bekommen hat", erzählte Rick.

„Oh, wo denn?"

„Unsere Gemeinde braucht einen Hausmeister, nachdem nun jeden Abend Aktivitäten im Gemeindehaus stattfinden. Er verdient nicht viel, aber es ist immerhin ein Anfang."

„Das ist ja wundervoll", freute sich Nora. „Merries Gebet ist erhört worden."

Sie saßen eine Weile schweigend da und bewunderten die Sterne. Schließlich ergriff Rick das Wort. „Jetzt bin ich froh, dass ich keine Woche damit verbracht habe, diesen Abend zu planen."

„Wie lange hast du diesen Abend denn geplant?"

„Ich habe überlegt, seit ich heute Morgen aufgewacht bin. Es ist Silvester – ein Abend, um nach vorne zu schauen. Es sollte ein besonderer Abend für uns werden."

„Das habe ich mir auch gewünscht", seufzte Nora und lehnte ihren Kopf an seine Schulter.

„Wir stellen uns jetzt einfach vor, die Sterne wären Kerzen."

„Sie sind heute Abend wunderschön."

Rick drehte sich zu ihr um, damit er sie anschauen konnte. „Ich muss dir etwas sagen."

Sie blickte ihn erwartungsvoll an und schwieg.

„Es hat sich gerade erst ergeben, Nora. Ich werde im Mai einen neuen Job antreten", erklärte Rick.

„Hat das mit deinem Examen als Jugendpastor zu tun?" Nora wusste nicht, was sie sagen sollte, aber dieser Mann wollte Gott dienen.

„In gewisser Weise. Ich habe die Position des Heimleiters in einem christlichen Haus in Ohio angenommen. Ich werde für das Haus zuständig sein und gemeinsam mit einem Komitee die Aktivitäten organisieren. Wenn keine eigenen Aktivitäten geplant sind, bin ich dafür zuständig, das Gelände und das Haus an unterschiedliche Gruppen zu vermieten. Das wird ein hoher Arbeitsaufwand sein, aber diese Stelle bietet mir die Möglichkeit, sowohl im direkten wie auch indirekten Dienst zu arbeiten."

„Das klingt interessant", murmelte sie. *Aber es bedeutet, dass du von hier wegziehst. Was ist mit unserer Zukunft? Herr, willst du ihn mir wirklich wegnehmen?* Sie starrte zu den Sternen empor auf der Suche nach Gottes Antwort.

Aufgeregt fuhr Rick fort. „Ich werde mit jungen Leuten und Erwachsenen arbeiten können. Ich werde Freizeiten planen und durchführen und dabei auch als Pastor arbeiten –"

„Wann gehst du von hier fort?", unterbrach sie ihn. Sie konnte ihre Enttäuschung nicht mehr länger vor ihm verbergen.

„Ende Mai. Aber Nora, da ist noch etwas anderes, etwas, das wichtiger ist als der Job", sagte er und hob sanft ihr Kinn, sodass sie ihn anschauen musste.

Ihr Blick suchte seine Augen.

„Ich möchte dich für immer lieben", flüsterte er, während er ihr Gesicht zwischen seinen starken Händen hielt. Er küsste sie auf die Stirn, ihre Nasenspitze und schließlich ihre Lippen.

Nach einer Weile löste sie sich von ihm. „Was meinst du?"

Rick nahm eine kleine Schachtel aus seiner Tasche. Sie war in weiße Folie eingepackt und hatte einen Tannenzweig als Schleife. Er ergriff ihre Hand und drückte die Schachtel hinein. „Ich möchte dir das schenken, Nora."

Nora starrte die Schachtel lange Zeit an, bevor sie sie öffnete. *Lieber Herr, ist das Wirklichkeit? Das war mein Traum, aber Herr, Rick ist so gut, viel zu gut für mich.*

Der Diamantring in der Schachtel funkelte im Sternenlicht. Rick nahm den Ring heraus und kniete vor ihr nieder.

„Nora, willst du meine Frau werden?", fragte er leise. „Wir sind zwar noch nicht so lange befreundet … aber …"

Tränen traten ihr in die Augen und schluchzend erwiderte sie: „Ja, oh ja.“ Vollkommener Friede erfüllte sie und ihr wurde bewusst, dass das Fest, vor dem sie solche Angst gehabt hatte, zu einem Erlebnis geworden war, das sie nie vergessen würde. Sie warf die Arme um seinen Hals und küsste ihn.

Er drückte sie an sich. „Gott ist so gut zu mir gewesen an diesem Weihnachtsfest“, flüsterte er ihr ins Ohr. Und als er sie dieses Mal voller Leidenschaft küsste, sang ein Nachtvogel sein Lied.

„Äh, Nora … ich muss aufstehen“, sagte Rick plötzlich. „Ich glaube, die Feuerameisen haben meinen Knöchel gefunden.“ Er sprang auf, stapfte auf und schüttelte die lästigen Ameisen von seinem Bein.

Bei dem Anblick begann Nora zu lachen. „Komm, wir gehen rein und verarzten deinen Knöchel“, stieß sie schließlich hervor.

„Dein Ring“, sagte Rick und schien verblüfft, dass er immer noch in seiner Hand lag. Er beugte sich über sie und ergriff ihre linke Hand. „Ich verspreche, dich immer zu lieben“, sagte er, als er ihr den Ring an den Finger steckte.

„Ich liebe dich, Rick“, antwortete sie einfach, und erneut zog er sie in seine Arme.

Sie wollten das Haus leise durch die Hintertür betreten, doch John und Chris standen in der Küche. Sie hatten schon wieder Hunger.

„Da sind die Turteltauben ja“, dröhnte John. „Wir dachten schon, ihr hättet euch davongeschlichen und uns allein gelassen.“

John wollte sie necken, aber Rick blieb ernst. „John, ich bin sehr froh, dass du und deine Familie zu Besuch gekommen seid. Ich hoffe, wir lernen uns gut kennen – als Familie“, sagte er und streckte seine Hand aus.

„Als Familie? Hast du etwa Pläne mit meiner Schwester?“

Nora streckte ihre linke Hand aus. „Ja, das hat er“, erklärte sie strahlend.

Johns Tonfall veränderte sich sofort. „Liebst du ihn, Nora?“

„Von ganzem Herzen.“

Nachdem der ernste Augenblick verstrichen war, stieß John einen Freudenschrei aus und zog Nora in seine Arme. Kurz darauf füllte sich die Küche mit Menschen, die dem jungen Paar gratulieren wollten.

Um Mitternacht waren alle im Wohnzimmer vor dem Fernsehgerät versammelt und warteten darauf, dass die große Kristallkugel am Times Square in New York sich heruntersenkte und damit den offiziellen Beginn des neuen Jahres einläutete. Ricks bandagierter Fuß lag auf einem Hocker und Nora saß mit vor Aufregung geröteten Wangen neben ihm.

Als das neue Jahr begann, lächelte Rick Nora an und küsste sie. Es war ein Versprechen für ihre gemeinsame Zukunft.

Die Himmelsmelodien von FRANCKE – einfach zum Verlieben ...

Kathleen Kovach
Kekse, Küsse, Katastrophen
ISBN 978-3-86827-184-3
80 Seiten, Paperback

Leseprobe

Prudie Burke sprang aus der Straßenbahn. Die Schmetterlinge in ihrem Bauch regten sich, zum Glück erst jetzt. Stolz ragte der Prescott Tower vor ihr auf. Dies war ihr erstes Einstellungsgespräch, aber nachdem sie ihr Studium am College mühelos hinter sich gebracht hatte, empfand sie Zuversicht. Sie griff in ihre Handtasche und nahm die grün-goldene Quaste heraus – Universität von San Francisco, Abschlussjahrgang 1955. Liebevoll strich sie darüber, als glättete sie den Schwanz einer Katze. Dies war das Symbol für ihre Träume.

Es hatte sie viel Mühe gekostet, ihren Eltern die Erlaubnis für ein Studium der Betriebswirtschaft abzuringen. Aber Prudie wusste, was sie wollte, und ganz bestimmt wollte sie nicht Hausfrau werden und Babys in die Welt setzen wie ihre drei Schwestern.

Die Straßenbahn setzte sich in Bewegung. Sie zupfte ihre eng anliegende Jacke zurecht und strich ihren blauen Rock glatt. In dem engen Rock, der ihre Knie umspielte, fühlte sie sich gut angezogen. Schnell streifte sie ihre weißen Handschuhe über, rückte den kleinen grauen Pelzhut auf ihren rotbraunen Haaren gerade und klemmte sich die Handtasche unter den Arm. Niemand konnte sie jetzt noch einen Wildfang nennen.

In den Augen ihrer Mutter war sie etwas *Besonderes*. Jedes Mädchen, das seit seinem sechsten Lebensjahr in Bäumen herumturnte, musste einzigartige Talente besitzen.

Als Prudie sich dem imposanten Gebäude näherte, schwand ihr Mut. Von weitem wirkte es viel kleiner. Sie sah die Drehtür aus Glas vor sich, durch die Menschen ins Innere des Gebäudes gelangten, von ihr aber genauso schnell wieder ausgespuckt wurden. Würde ihr Traum von einer Stellung zerplatzen wie eine Seifenblase?

Atme tief durch.

Selbstbewusst betrat sie das Gebäude und ging zum Aufzug. „Dritter Stock, bitte."

Der Fahrstuhlführer mittleren Alters trug eine beeindruckende graue Uniform. Er legte grüßend die Hand an seine Mütze und drückte die Drei. Prudies Stimmung besserte sich, als der kleine Lift sie nach oben und, symbolisch gesehen, zum Erfolg trug.

Ihre Nervosität äußerte sich in aufgeregtem Geplapper. Der Fahrstuhlführer hörte ihr geduldig zu. Als sie den Fahrstuhl verließ, lächelte er sie strahlend an. „Gottes Segen für Ihr Einstellungsgespräch, Miss."

Gottes Segen?

Sie hoffte nur, dass Gott mit diesem Stellenangebot nichts zu tun hatte. Wo war er gewesen, als ihr Bruder in Korea gefallen war?

Wie immer schluckte Prudie ihren Zorn hinunter. Solche Gedanken lähmten sie und beeinträchtigten ihr Reaktionsvermögen.

Ich muss mich auf dieses Gespräch konzentrieren.

Die Empfangsdame, eine Frau Mitte dreißig mit kurzem, dunkelbraunem Haar, das ihr in hübschen Locken auf die Schultern fiel, begrüßte sie und meldete ihre Ankunft über die Gegensprechanlage an. Sie wurde in ein Büro geführt. Ein Mann mit beginnender Glatze saß an seinem Schreibtisch. Er erhob sich und bot ihr einen Stuhl an. „Bitte nehmen Sie doch Platz, Miss Burke."

„Vielen Dank." Sie legte ihre Handtasche auf ihren Schoß und kämpfte gegen den Impuls an, sich mit beiden Händen daran festzuhalten.

„Ich bin Harold Sweeney. Willkommen bei der Maklerfirma Prescott." Er nahm wieder Platz, setzte seine schwarze Lesebrille auf und griff nach einer Mappe, auf der ihr Name stand. „Sie haben also an der Universität von San Francisco studiert."

Voller Stolz richtete sie sich auf. „Jawohl, Sir, das stimmt."

„Examen in Betriebswissenschaft. Und Sie bewerben sich um die Stelle als Mr Prescotts Sekretärin?" Seine Augenbrauen zogen sich zusammen. Prudies Schmetterlinge wuchsen zu Fledermäusen heran – zu großen, afrikanischen Fledermäusen. „Haben Sie denn schon einmal als Sekretärin gearbeitet?"

Ihr Mund wurde trocken. „Nein, Sir, aber wie Sie sehen können, sind meine Noten sehr gut."

Mr Sweeney tippte mit dem Zeigefinger auf den Deckel der Dokumentenmappe und klappte ihn zu. Er nahm seine Brille ab und blickte Prudie bedeutungsvoll an. Unter seinem Blick schrumpfte sie zusammen.

„Miss Burke, in der Anzeige wurde Berufserfahrung als Voraussetzung für eine Einstellung genannt."

„Ich weiß, aber ich dachte –"

„Es tut mir leid." Er blickte sie freundlich an. „Ich muss die Position mit einer Dame besetzen, die mehr Erfahrung mitbringt. Andererseits …" Er setzte seine Brille auf und sah sich noch einmal ihre Akte an. „Sie tippen achtzig Wörter in der Minute?"

„Ja, Sir." Prudie rutschte zur Stuhlkante vor.

„Und Sie beherrschen auch Stenografie, wie ich sehe." Er nahm die Brille ab und steckte sie in die Hemdtasche. „Nun, Ihre Zeugnisse beeindrucken mich, aber ich möchte gern sehen, wie Sie in der Berufswelt zurechtkommen." Mr Sweeney erhob sich und warf ihre Akte in einen Ablagekasten. „Folgen Sie mir bitte."

Er führte sie zum Aufzug. Der Fahrstuhlführer wirkte erfreut, als er die beiden zusammen sah, und blinzelte Prudie väterlich zu.

Mr Sweeney folgte ihr in den Aufzug. „Untergeschoss, bitte."

Nein, nicht das Untergeschoss. Wie sollte sie zum Erfolg aufsteigen, wenn sie in der falschen Richtung unterwegs war? Als die Tür aufglitt, sank ihr Herz.

Das Schreibbüro.

* * *

Alex nahm einige vorbereitete Gerichte und erkundigte sich, an welchem Tisch sie bestellt worden waren. Mit den beiden Tellern ging er rückwärts durch die Schwingtür in den Speiseraum.

„Hier bitte schön, Mr und Mrs Leigh. Genau so, wie Sie es mögen." Er faltete Mrs Leighs Serviette auf und legte sie ihr schwungvoll auf den Schoß. Sie kicherte wie ein Schulmädchen, obwohl sie doch bestimmt schon fast fünfzig war.

„Vielen Dank, Mr Prescott", sagte Mr Leigh, während er sich mit seinen Essstäbchen über sein Chow Mein hermachte.

„Junger Mann", rief ihm ein anderer Gast zu.

Alex trat an den Tisch eines älteren Chinesen, der ohne Begleitung gekommen war. „Wie kann ich Ihnen helfen, mein Herr?"

„Ich möchte gern den Geschäftsführer sprechen."

Alex rückte seine Krawatte zurecht und erwiderte: „Ich bin der Geschäftsführer. Entspricht nicht alles Ihren Wünschen?"

Ein Grinsen erhellte das Gesicht des Achtzigjährigen und entblößte seine gelben Zähne. „Doch, doch." Mit seinen arthritischen Fingern nahm er den Zettel aus seinem Glückskeks. „Ich möchte Ihnen nur für diese Botschaft danken: ‚Denn durch mich werden deine Tage viel werden und die Jahre deines Lebens sich mehren (Sprüche 9,11).' Das bedeutet mir sehr viel."

„Danken Sie Gott dafür, mein Herr. Ich schreibe die Verse nur auf und stecke sie in die Kekse. Anscheinend hat Gott eine ganz besondere Botschaft für Sie."

Als Alex davonging, betete er im Stillen für diesen Mann. Das war seine Aufgabe. Er glaubte fest daran, dass Gott Menschen in sein Restaurant führte, damit er für sie beten konnte.

Und während er mit Gott sprach, beschloss er, auch für sich ein Gebet nach oben zu schicken. *Bitte, Herr. Führe eine Frau in mein Leben, in die ich mich Hals über Kopf verliebe. Und bitte lass sie etwas mehr Verstand haben als die Frauen, mit denen meine Eltern mich verkuppeln wollen.*

In diesem Augenblick drehte er sich um und stieß mit einem Gast zusammen. Die Frau verlor das Gleichgewicht, und ehe er wusste, wie ihm geschah, landete er mit ihr zusammen auf dem Boden. Zum Glück konnte er ihren Sturz mit seinem Körper abfangen. Ihr Ellenbogen bohrte sich in seine Brust. Als sie sich wieder aufgerappelt hatte, standen ihre Beine unter ihrem enganliegenden blauen Rock in einem seltsamen Winkel zueinander.

„Mein Absatz ist abgebrochen!" Ihr Blick flog hektisch und suchend über den Fußboden.

„Einen Augenblick – *uff* – hier ist er." Er klaubte den spitzen Absatz unter seinem Po hervor. Schnell erhob er sich, hielt ihn ihr hin und fragte: „Haben Sie sich was getan? Ist mit Ihnen alles in Ordnung?"

Sie riss ihm wütend den Absatz aus der Hand, richtete ihren Pelzhut und zupfte ihre Jacke gerade. Dann funkelte sie ihn mit den atemberaubendsten kobaltblauen Augen an, die er je gesehen hatte.

„Passen Sie doch auf, wo Sie hintreten, Sir." Ihre Wangen waren gerötet.

„Es – es t-tut mir l-leid." Warum stotterte er nur?

Das ist sie.

Wie bitte, Herr?

Er war sicher: diese Stimme war sehr deutlich gewesen. Er hatte sich bestimmt nicht verhört. Wofür hatte er gerade noch gebetet? Dass er sich Hals über Kopf verliebte? Das musste seine Einbildung sein. Aber andererseits …

„Komm schon, Prudie." Eine ihrer Freundinnen zog sie mit sich fort. „Wir setzen uns hier drüben hin."

Als sie humpelnd zum Tisch ging, sah sie aus wie ein Seemann mit einem Holzbein. Ihre brünette Freundin rutschte zur Seite, damit die Frau mit Namen Prudie neben ihr Platz hatte.

Alex folgte ihnen in der Absicht, das Unheil, das er angerichtet hatte, wieder gutzumachen. „Wenn Sie mir Ihren Schuh geben, klebe ich den Absatz wieder an."

„Und ich sitze in Strümpfen hier? Nein, vielen Dank." Ihre Worte waren wie zerbrochenes Eis, das ihm ins Gesicht spritzte.

Hatte er Gott vielleicht missverstanden? Hatte sie möglicherweise nicht dasselbe gehört wie er? „Dann möchte ich Ihnen gern neue Schuhe bezahlen." Er griff nach seiner Brieftasche, aber sie hob die Hand.

„Am besten lassen Sie mich einfach in Ruhe."

Alex spürte, wie er langsam wütend wurde. „Ich bestehe darauf."

„Arbeiten Sie hier?" Der Blick aus ihren blauen Augen bohrte sich in ihn hinein und zwang ihn, einen Schritt zurückzuweichen.

„J-ja." Er räusperte sich und versuchte es noch einmal ohne zu stottern. „Allerdings."

Sie stemmte ihre Fäuste auf den Tisch. „Dann möchte ich gern den Geschäftsführer sprechen."

Er straffte seine Schultern und blickte auf Miss Hochmütig herab. „Ich bin der Geschäftsführer."

Sie ließ sich durch seine Antwort jedoch nicht im mindesten einschüchtern. „Dann gibt es also niemandem, bei dem ich mich über diesen Zwischenfall beschweren kann?"

„Nein." Sein Blick hielt dem ihren stand. „Kann ich denn irgendetwas für Sie tun?"

„Nein."

Prima. „Auf jeden Fall tut es mir sehr leid. Bitte lassen Sie es mich wissen, wenn Sie Ihre Meinung ändern." Mit diesen Worten drehte er sich um. Dabei hätte er beinahe noch einen anderen Gast umgerannt.

* * *

„Komm schon, Prudie, du musst das doch gesehen haben", beharrte Loretta.

Prudie gab vor, nicht beobachtet zu haben, wie die hübsche Frau Alex Prescott küsste. Das ging sie nichts an. Allerdings fragte sie sich, warum die beiden älteren Frauen mit am Tisch saßen. Das schien eine gemütliche Verlobungsfeier zu sein.

„Neue Schuhe, wie ich sehe." Die Stimme des Mannes riss sie aus ihren Gedanken. Sie hoffte nur, dass er Lorettas Worte nicht mitbekommen hatte.

„Nicht wegen des Zwischenfalls." Musste er sie an diese peinliche Begegnung erinnern?

„Sie sind sehr hübsch."

Sie wackelte mit den Zehen und machte sich sofort Vorwürfe, dass sie versuchte, die Aufmerksamkeit auf ihre lackierten Zehennägel zu lenken.

„Ich möchte Sie heute Abend gern einladen. Darf ich das Lo Mein empfehlen?"

„Eigentlich ..." Loretta klimperte mit den Wimpern.

Was hatte sie vor?

„Wir feiern. Wir sind gerade in eine Wohnung in dieser Straße eingezogen und – aua!"

Loretta funkelte Prudie an, die ihr unter dem Tisch einen Fußtritt versetzt hatte.

Alex' Gesicht leuchtete auf. „Ach, dann sind wir ja Nachbarn." Er streckte seine Hand aus und schüttelte Lorettas zuerst. „Ich heiße Alex."

Das war noch peinlicher, als umgerannt zu werden. Prudie vermutete, dass Loretta damit einen bestimmten Zweck verfolgte.

„Ich bin Loretta, und das ist Prudie. Wir arbeiten im Prescott Tower im Schreibbüro. Unsere dritte Mitbewohnerin ist Gail, aber sie hatte heute Abend bereits etwas vor."

„Nun, wenn wir feiern, dass wir Nachbarn sind, dann lassen Sie mich bitte das Essen auswählen, selbstverständlich auf Kosten des Hauses."

„Das ist wirklich nicht nö- - aua!" Prudie rieb sich unter dem Tisch das schmerzende Schienbein.

„Vielen Dank, Alex. Wir bestehen darauf, dass Sie sich zu uns setzen!" Lorettas Augen blitzten. Dieses Miststück spielte Heiratsvermittlerin.

* * *

Alex tupfte sich den Schweiß von der Stirn, als Prudie ihren Keks auseinanderbrach. Er hatte mit seinen Angestellten im Restaurant vereinbart, dass die Kekse erst gebracht wurden, nachdem er vor Ort war, damit er den einen, den er speziell für Prudie gebacken hatte, heraussuchen konnte. Ob sie die Bibelstelle, die er für sie ausgewählt hatte, wohl verstand? Würde ihre Reaktion darauf ihn wohl dazu ermutigen, ihr seine Gefühle zu offenbaren?

Prudie, durch einen Seitenstoß ihrer Freundin ermutigt, faltete nun auch ihren Zettel auf und las vor. „Wie eine Lilie unter den Dornen, so ist meine Freundin unter den Mädchen (Hohelied 2,2)." Errötend faltete sie den Zettel wieder zusammen und legte ihn beiseite. Alex war durch ihren finsteren Gesichtsausdruck beunruhigt.

„Na das ist ja was!" Loretta stemmte die Hände in die Hüften. „Gott hat mich gerade einen Dorn genannt." Sie lachte, sprang auf und sammelte ihren Abfall zusammen. „Wenn ich noch länger neben dieser ‚Lilie' sitze, werden mir tatsächlich noch Dornen wachsen. Bis später, Alex. Es war schön, mit Ihnen zusammen zu Mittag zu essen. Dahinten habe ich jemanden entdeckt, mit dem ich noch sprechen wollte."

Alex beobachtete das Augenzwinkern, das allein für Prudie bestimmt war. Aber Prudies finsterer Gesichtsausdruck ließ sich nicht übersehen. Sie wollte sich ebenfalls erheben, aber er hielt sie vorsichtig am Handgelenk fest und bat sie, noch ein wenig zu bleiben.

„Ihr Vers scheint Ihnen nicht zu gefallen."

Er spürte, dass sie innerlich mit sich rang. Ihre Gefühle liefen über ihr Gesicht wie ein Kurzfilm über die Kinoleinwand. Ihre nächste Frage brachte ihn aus der Fassung.

„Warum Bibelverse?"

„Wie bitte?"

„Warum stecken Sie Bibelverse in die Kekse?"

Alex schnappte nach Luft. War das etwa Feindseligkeit, die er in ihrer Stimme bemerkte?

Er erzählte ihr, sein Großvater hätte von einem Mann in Kalifornien erfahren, der obdachlosen Menschen mit kleinen Kuchen und Bibelversen Mut zusprechen wollte. Diese Idee fand er gut. Und so begann diese Arbeit mit den Glückskeksen. „Ich habe seine Arbeit fortgesetzt und miterlebt, wie Menschen durch diese Verse verändert wurden."

„Ich verstehe."

Aber verstand sie wirklich? Ihre gerunzelte Stirn sprach Bände.

„Was stört Sie daran?" Eigentlich wollte Alex die Antwort gar nicht hören. Er hatte angenommen, dass sie Christin war, weil Gott sie für ihn ausgesucht hatte.

Prudies Gesicht verdüsterte sich wie eine zornige Gewitterwolke, die jederzeit ihre Regenlast abwerfen könnte. „Gott kümmert sich nicht mehr um uns, seit er vor drei Jahren zugelassen hat, dass mein Bruder in Korea durch eine Granate ums Leben kam. Unsere Gebete, er möge bewahrt werden, wurden nicht erhört. Und jetzt liegt das, was von Teddy noch übrig ist, im Grab."

„Das tut mir so leid, Prudie." Alex empfand tiefes Mitgefühl mit ihr. „Ich weiß nicht, was ich Ihnen sagen soll, aber Gott hat Ihren Bruder ganz bestimmt nicht umgebracht. Unsere gefallene Welt ist für seinen Tod verantwortlich. Gott hat uns nur versprochen, dass er bei uns ist in guten wie in schlechten Zeiten. Aber er hat uns noch ein besseres Versprechen gegeben, das alle unsere Probleme überwindet."

Prudie wischte eine Träne fort, die ihr über die Wange lief, und schniefte. „Ach ja? Und das wäre?“

* * *

„Du Mistkerl!“

Alex blickte verblüfft auf, als Prudie in sein Büro platzte und ihm die Schürze an den Kopf warf.

„Was habe ich getan?“ Alex befreite sich von den Schürzenbändern.

Sie griff nach ihrem Haarnetz und riss es sich vom Kopf. Die Haarnadeln flogen in alle Richtungen. „Die Frage ist doch eher, was hast du *nicht* getan?“ Ihre Augen sprühten Funken. Sie zählte an ihren Fingern ab. „Du hast mir nicht gesagt, dass du mich darauf vorbereitest, deine Frau zu werden, damit du dieses Restaurant erben kannst. Du hast mir nicht erzählt, dass du mich mit Bibelversen manipulierst. Ich dachte wirklich, Gott würde zu mir sprechen. Und du hast mir nicht erzählt, dass du mich gar nicht wirklich liebst, sondern dass ich nur eine Spielfigur in einem dummen Männerspiel bin!“

Sie wirbelte herum und verschwand durch die Tür. „Ich gehe!“, schleuderte sie ihm noch entgegen.

„Warte, Prudie!“

Sie stürmte durch das Restaurant nach draußen. Alex folgte ihr. Auf dem Bürgersteig holte er sie ein, packte sie am Arm und drehte sie zu sich um. Tränen liefen ihr über die Wangen und kein Grübchen zeigte sich, um sie aufzufangen.

„Lass mich doch erklären.“